Valerie Ium ○ Naked Truth

AF273272

Valerie Ium

Naked Truth

Bibliografische Information der Deutschen Nationalbibliothek
Die Deutsche Nationalbibliothek verzeichnet diese Publikation in der
Deutschen Nationalbibliografie; detaillierte bibliografische Daten sind im
Internet über http://dnb.d-nb.de abrufbar.

Herstellung und Verlag: Books on Demand GmbH, Norderstedt
Lektorat, Druckaufbereitung: M.-Christine Batke, Passau

ISBN 978-3-837-07529-8

Ich möchte mich hiermit bei meiner besten Freundin Kaa bedanken, die mir beigestanden hat und mich immer aufgemuntert hat und meine Blicke richtig interpretieren konnte.

Zudem danke ich noch allen meinen Freunden, vor allem denen, die im Buch auftauchen und meiner Inspiration für das Buch

Johnny.

Zu Spät

Es fängt wieder ein beschissener Tag an, gefolgt von einer beschissenen Nacht. Ich kann nicht schlafen und wenn ich es könnte, hätte ich Angst nie wieder aufzuwachen. Obwohl mir kalt ist, wälze ich mich schwitzend in meinem Bett. Ich drehe mich von links nach rechts und umgekehrt. Nachdem ich mich ein paar mal um meine eigene Achse gedreht habe, entscheide ich mich schließlich doch fürs Aufstehen. Zuerst setze ich mich auf den Rand meines Bettes, es ist zwar aus Holz robust gebaut, sieht aber aus, als ob es gleich auseinander bricht, und ziehe meine Hausschuhe an. Dann stehe ich auf, torkele übermüdet in Richtung Toilette und entleere erst mal meine Blase. Ich bin ein Mensch, der eigentlich viel Spontaneität besitzt, aber ein paar kleine Rituale besitzt jeder. Zum einen muss ich morgens als erstes auf die Toilette.

Zum zweiten schaue ich auf mein Handy, obwohl ich in der Nacht kein Klingeln gehört habe, verbleibt die Hoffnung, dass ich vielleicht doch einen Minutenschlaf hatte und ich einen Anruf verpasst habe oder eine SMS bekommen habe. Mit einem Blick darauf merke ich, dass ein weiterer Tag angefangen hat, ohne dass jemand Interesse an meinem Leben zeigt. Ich schmeiße das trostlose Handy in die Ecke, womit Punkt Zwei beendet wird.

Zum dritten schlurfe ich in Richtung Küche, obwohl ich nur ein durchnässtes Top und Hot Pants trage und mich jeder sehen könnte, da in der Küche die Jalousie kaputt ist und nun das Morgenrot schon hinein scheint. Mit zunehmenden beschissenen Nächten ist es mir immer unwichtiger geworden, ob mich jemand sieht, schließlich bin ich nicht nackt! Endlich gehe ich in die Küche rein und suche nach etwas Essbarem, wobei ich mit

Enttäuschung feststellen muss, dass sich seit gestern nichts geändert hat. Die Einzigen, die etwas essen, sind die Maden in meinem Kühlschrank. Vielleicht sollte ich abgelaufene Vorräte doch lieber gleich entsorgen. Sonst bekomme ich auch noch Ärger mit meinem Vermieter. Haustiere sind nicht erlaubt und wenn er wieder mal vor meiner Türe auftaucht, nach Alkohol riechend, könnte er sich einbilden, dass diese Viecher meine Haustiere sind. Na gut, damit ich heute auch mal wieder Spontaneität beweisen kann, hole ich meinen Mülleimer raus, schmeiße das verdorbene Essen weg und entscheide mich gegen ein Frühstück. Durch die Entsorgung ist mein Kühlschrank jetzt komischer Weise leer. Mist, jetzt muss ich auch noch einkaufen gehen. Enttäuscht gehe ich ins Badezimmer, drehe den Duschhahn auf, ziehe mich aus und steige unter die Dusche. Im ersten Augenblick reißt es mich, ich hätte nicht gedacht, dass das Wasser so kalt ist. Nach ein paar Minuten wird es allerdings etwas wärmer. Kann auch sein, dass sich mein Körper nur an das kalte Wasser gewöhnt hat. Ohne zu merken, wie schnell die Zeit vergeht, stehe ich unter der Dusche und genieße es, wie die Wassertropfen auf meinem Körper perlen. Nach einer kleinen Ewigkeit, steige ich raus, trockne mich ab und ziehe mir neue Kleidung an. Relativ erfrischt, zumindest so gut es geht, nach einer weiteren schlaflosen Nacht, packe ich meine Geldbörse, meinen Schlüssel und mein trostloses Handy in meine Hosentaschen, verlasse das Haus und schmeiße den Müll erst mal weg.
Richtung Tante Emma Laden um die Ecke kommt mir Ophelia, eine Freundin mit welcher ich ab und an mal etwas unternehme, entgegen. "Hallo Eve, dich hab ich ja schon lange nicht mehr gesehen. Du hast doch noch meine Nummer, oder?" Bevor ich antworten konnte, fuhr sie fort. "Du musst mich unbedingt mal wieder anrufen und dann treffen wir uns und bequatschen bei einem Latte Macchiato was so passiert ist." Und genauso schnell, wie sie vor mir aufgetaucht ist, ist sie auch wieder weg. Ich

kann ihr nur noch "Ja, mache ich. Tschüss." hinterher rufen. Mit zunehmenden Schritten nehmen auch meine Gedanken über dieses Gespräch zu. Mir ist nicht klar, wieso Ophelia behauptet, wir hätten uns lange nicht mehr gesehen. Sie war doch vor ein paar Tagen kurz bei mir. Naja, Ophelia hat schon immer etwas übertrieben. Zudem ist wahrscheinlich irgendetwas in ihrem kleinen, spannungslosen Leben passiert, was sie mir sofort erzählen muss. Ich höre auf mir Gedanken darüber zu machen, es gibt Wichtigeres zu tun, wie zum Beispiel einkaufen. Im Tante Emma Laden fällt mir auf, dass ich gar nicht nachgeschaut habe, wie viel Geld ich dabei habe. Nach längerem rumgruschen in meiner Geldbörse habe ich 4,36 Euro zusammen gekratzt. Davon kaufe ich mir Brot, Käse und einen Instanttee. Beim Bezahlen an der Kasse fragt mich Jason "Du warst schon lang nicht mehr hier, wie geht es dir?". "Mir geht es gut, danke. Und bitte noch die Tageszeitung, wie immer.", antworte ich verwundert. Ich bezahle die Sachen und verabschiede mich von ihm mit den Worten "Also, dann sehen wir uns wieder morgen."

Daheim angekommen ziehe ich meine Alltagsklamotten an und komme zurück zum dritten Punkt meiner täglichen Rituale. Ich gehe wieder in die Küche und mache mir übermüdet etwas zu essen und trinken. Nach meinem leckeren Mittagessen, bestehend aus Sandwich und Tee, gehe ich zurück zu meinem Bett, greife mir die Zeitung und lege mich hin. Sieht aus als ob gestern vieles passiert ist. Eine Schlägerei in Berlin, Türken und Russen waren involviert; Eine Explosion in einer Fabrik in München; Bombenanschlag im Irak… Ok, ein paar Dinge haben sich nicht geändert.

Langsam wird es wieder dunkel und der Abend bricht an. Mittlerweile müsste auch schon Chev hier sein. Wo er wohl bleibt. Plötzlich klingelt mein Handy, womit ich heute ehrlich gesagt nicht mehr gerechnet habe, aber vielleicht ist es Chev und er will mir sagen, dass er sich

verspätet. Ich schnappe mir das Handy, schaue auf das Display und bin ziemlich überrascht, dass mich Jimmy anruft. Wir sind erst morgen Nachmittag im `Stern` verabredet. Vielleicht kommt ihm etwas dazwischen und er ruft deshalb an. Ich nehme ab und versuche ihn möglichst nüchtern zu begrüßen, damit er meine übermüdete Laune nicht bemerkt. "Eve, was ist los mit dir ? Wieso gehst du nicht an's Handy ran, ich versuche dich seit zwei Tagen zu erreichen ! Ich mache mir Sorgen um dich.", fährt mich Jimmy an. Daraufhin frage ich ihn "Was, wovon redest du ? Wir sind doch erst morgen verabredet...". "Morgen ?", unterbricht er mich, "Weißt du überhaupt welcher Tag heute ist ? Wir waren vor zwei Tagen miteinander verabredet. Du bist nicht aufgetaucht und seitdem versuch' ich dich zu erreichen. Ich war auch bei dir daheim, aber du hast die Türe nicht aufgemacht. Ist alles in Ordnung? Geht es dir wieder besser?". Ich weiß einfach nicht was los ist, was meint Jimmy damit? Ich habe doch keine Anrufe auf dem Handy erhalten. SMSen habe ich auch keine bekommen. Wieso sind alle so komisch heute, nicht nur Jimmy, sondern auch Ophelia und Jason. Ich schaue auf meine Tageszeitung und da fällt mir erst das Datum auf. Er hat recht, es ist zwei Tage her, dass wir verabredet waren. Ich lege mit den Worten "Jimmy, ich ruf dich zurück." auf und höre nur noch "Eve? Soll ich vorbeikommen?". Im selben Moment fällt mir auf, dass ich zwölf Anrufe in Abwesenheit auf meinem Handy habe und sieben ungelesene SMS, zumeist von Jimmy. Diese SMSen haben eigentlich immer denselben Inhalt: Eve, brauchst du Hilfe; Eve, wie geht es dir; Eve, wo bist du; ... Ich lege das Handy hin und entdecke auf meinem Nachttisch ein halb leeres Päckchen mit Psychopharmaka. Neben dem Päckchen befindet sich ein Zeitungsausschnitt mit dem Titel: Tödlicher Autounfall - 1 Toter.
In diesem Augenblick kommt meine Erinnerung wieder. Tausend Gedanken gehen durch meinen Kopf, gefolgt von

unkontrollierbaren Bildern, wobei ich das Puzzle langsam zusammensetze: Chev wollte zu mir, Zu Spät. Autofahren, Zu Spät. Jemand hat ihm die Vorfahrt genommen, Zu Spät. Krankenwagen, Zu Spät. Intensivstation, Alles viel zu Spät...

Die Bilder fügen sich zu einem ganzen Film zusammen und ich fange an zu weinen. Chev, meine große Liebe, ist auf dem Weg zu mir gestorben. Es ist meine Schuld, nur ich bin Schuld, wenn er nur nicht zu mir gekommen wäre. Ich vermisse ihn. Ich liebe ihn so sehr, viel mehr als mein eigenes Leben.
Ich liege wach in meinem Bett, weine und kann nicht einschlafen.
Dann fängt schon wieder ein beschissener Tag an, gefolgt von einer beschissenen Nacht. Das einzige was zählt, sind meine kleinen Rituale, ein Klogang, ein Blick auf mein Handy und mein alternatives Frühstück, eine handvoll Tabletten, um den Tag zu überleben.

Tödliche Liebe

Die Liebe ist etwas wundervolles, vor allem, wenn man die Liebe vollzieht. Einmal ist man zärtlich, dann wieder masochistisch, mal rosa Rüschen, mal Lack und Leder. Für jeden Geschmack ist etwas dabei. Ich bin genauso, ich bin sehr wandlungsfähig und bin glücklich, dass ich bei ihm immer etwas neues ausprobieren kann. Um es aufzupeppen, machen wir feste Termine aus und sprechen bereits im voraus unsere Outfits ab. Ich bestehe darauf, dass ich mir heute ein Leopardenprint-Negligé anziehe, dazu einen schwarzen Tanga und Stiefel, ebenfalls im Leopardenprint. Ich will, dass er seriös gekleidet ist, im Anzug, schwarz, mit einem beigefarbenen Hemd und er soll sein Parfüm auftragen, da es mich wild macht, es an ihm zu riechen. So pünktlich wie Christian immer ist, steht er vor meiner Türe. Ich öffne sie, ziehe ihn ins Haus und küsse ihn leidenschaftlich, wobei ich wieder seinen unwiderstehlichen Duft rieche. Ich ziehe ihm sein Jackett und sein beiges Hemd aus. Ich küsse seinen Oberkörper und er greift mir unter mein Negligé und zieht es hoch. Christian liebkost meine Brüste und zupft an meinen Brustwarzen bis er mich schließlich auszieht. Dann nehme ich ihn an der Hand und führe ihn ins Badezimmer, wo ich bereits ein Bad für uns eingelassen habe. Wir ziehen uns die restliche Kleidung aus und steigen in die Badewanne, welche zum Teil auch mit Milch gefüllt ist, die unsere Haut nun weicher erscheinen lässt. Wir liebkosen uns gegenseitig. Zunächst küsse ich leidenschaftlich seinen Hals und beiße an seinen Ohrläppchen, wobei es ihn bereits erregt. Dann lege ich mich auf ihn und er küsst mich an jedem einzelnen Zentimeter meines Oberkörpers. Ich schmelze dahin und lasse mich führen. Jedes Mal, wenn Christian in mich eindringt und ich ihn in mir spüre, durchfließen mich Glücksgefühle. Ich überlasse ihm die Macht über mich und er nimmt mich, so voller Hingabe, wie er es immer macht. Er liebt mich, wie es kein anderer Mann schafft. Dabei genieße ich einfach jeden Moment, den ich mit ihm verbringen kann. Bei ihm erhalte ich die Befriedigung, die ich benötige und jedes Mal komme ich zum Höhepunkt. Dabei ist es irrelevant, welche Stellung wir einnehmen, wir probieren alles aus, denn er ist für alles offen, was ihn besonders begehrenswert für mich macht.

Nachdem wir aus dem Bad steigen und uns gegenseitig in ein Badetuch einwickeln, gehen wir Hand in Hand in die Küche um uns etwas Schokoladensoße zu holen, wo ich schockiert feststelle, dass mein Mann vor mir steht. Mein Ehemann Jack hat einen Flug eher genommen und ist früher von seiner Geschäftsreise zurückgekehrt und hat mich und meinen Liebhaber erwischt. Er fängt an zu schreien, was das soll, ob mir unsere Ehe denn nichts bedeute und geht auf mich los. Beschützend stürzt sich Christian dazwischen. Sie fangen an zu ringen. Jack greift nach einem Messer und sticht Christian nieder, welcher daraufhin in sich zusammensinkt. Schockiert und wie von Sinnen, falle ich auf die Knie und versuche die Blutung zu stoppen, doch Jack, volltrunken von seiner Eifersucht und dem Zorn gegenüber mir, ersticht mich ebenfalls mit demselben Messer. Ich breche zusammen und falle auf Christian.

So sind wir zwar nicht im Leben, aber im Tode vereint.

Wollust

Durch das Teleobjektiv meiner Spiegelreflexkamera kann ich sie beschatten. Ich kann beobachten was Angelina macht, wenn sie von zu Hause weg geht und welche Freunde sie trifft. Wie ich es geahnt habe, geht sie wieder ins Café „Sunshine" und trifft sich mit einer ihrer Arbeitskolleginnen. Angelina bestellt einen Mexican Chocolate, das ist eine heiße Schokolade mit Kalhua und Tequila. So wie es aussieht, kann man sich auf sie verlassen. Sie sieht wunderschön aus, ihr bezauberndes Antlitz, ihre perfekte Figur und ihre atemberaubende Wesensart. Ich liebe es, wenn sie ihre blonden gelockten Haare schüttelt und mit ihren manikürten „French Nails" - Fingernägeln auf den Tisch tippt, wenn sie ungeduldig ist. Ich finde es belustigend, dass sie trotz der übermäßigen Freizeit immer in Eile ist, vor allem wenn der Abend bereits angebrochen ist. Ich muss zugeben, dass sie dem Klischee meiner bisherigen Frauen entspricht. Die Persönlichkeit dieser Frauen kann man bereits allein durch den Gang, die Mimik und die Gestik enthüllen. Wie sie dasitzt, sieht sie genauso stolz wie auch verletzlich aus. Angelina's leicht rosige Wangen weisen daraufhin, dass ihr heiß ist in dem Café und ihre Blicke schweifen umher, was ihre Langeweile zum Ausdruck bringt. Wahrscheinlich erzählt ihr ihre Arbeitskollegin gerade wieder davon, dass sie immer noch in ihren Nachbarn verliebt ist, sie sich aber nicht traut, ihm ihre Gefühle zu gestehen, da ihr immer peinliche Situationen passieren. Tja, sie ist nun mal von Grund auf ein tollpatschiger Mensch, wie die Arbeitskollegin sich selbst immer beschreibt. Angelina, die Schönheit in Person, beißt sich in die untere Lippe, welche mit Lipgloss bedeckt ist und ihre blauen Augen strahlen eine Sehnsucht aus. Ich weiß, dass sie mich begehrt und ein Verlangen nach mir hat. Aber ich bleibe verdeckt, da ich sehen will, ob sie sich noch mit jemandem trifft oder wieder nach Hause geht. Ich fotografiere sie beim nippen an ihrem warmen Mexican Chocolate, als sie ihren schwarzen Ledermantel anzieht und schließlich in Richtung Wohnung geht. Angelina hat sich mit niemandem mehr getroffen, sondern geht direkt heim und ich fahre ebenfalls nach Hause um die Fotos, die ich geschossen habe, entwickeln zu lassen. Dies dauert wieder einige Zeit und Geduld, aber ich genieße es. Die Fotografie entspannt und erregt mich zugleich. Ich verbringe noch einige Zeit in meinem Badezimmer und verleihe meiner Erregung Ausdruck. Danach gehe ich ins Schlafzimmer und lege meine Utensilien zurecht, damit ich morgen nichts vergesse, wenn ich mich mit Angelina am Abend treffe.

Am nächsten Tag treffe ich mich mit ihr in demselben Cafe und danach begleitet sie mich mit zu mir nach Hause. Wir verleben eine wundervolle Nacht, ich mache mit ihr, was ich will und sie gehorcht mir auch. Ich habe die Macht über sie und besitze ihr Herz.

Zwei Tage später wurde über eine Wasserleiche berichtet, eine weiße Frau, Angelina S., blond, Mitte 20 und die Besonderheit war, dass ihr das Herz chirurgisch entfernt wurde.

Me, Myself & I

Total übermüdet wache ich auf, ich kann es nicht beschreiben, es fühlt sich an, als hätte ich einen Kater, aber ich habe gestern nichts getrunken. Ich bin gestern von der Arbeit nach Hause gekommen, habe meine letzten zwei Akten durchgearbeitet, meine Tabletten genommen und bin dann schlafen gegangen. Da ich noch nicht ganz wach bin, bleibe ich noch ein bisschen im Bett liegen. Es ist schließlich Wochenende und ich habe keine Lust jetzt aufzustehen. Ich habe nicht einmal die Kraft, meine Augenlieder zu öffnen. Nach einer halben Ewigkeit, reibe ich mir die Augen und stehe auf. Zunächst setze ich meine Brille auf und kann nicht glauben, was ich hier sehe, meine ganze Wohnung ist demoliert. Alle meine Bücher, meine Akten, meine Kleidung und Bilderrahmen, einfach alles ist aus meinen Schränken gerissen worden. Ich gehe durch meine Wohnung und erkenne das Ausmaß dieses Desasters. Das ganze Durcheinander: meine Akten, meine Post, alles wurde durchwühlt. Wieso habe ich nichts gemerkt, ich kann doch nicht solch ein tiefen Schlaf haben, dass ich nicht mal einen Einbruch höre. Da ich nicht weiß, was ich machen soll, rufe ich einfach die Polizei an und melde diesen Einbruch und Sachbeschädigung. Als die Polizisten kommen, insgesamt drei an der Zahl, machen zwei von ihnen Fotos von dem „Tatort" und der Dritte verhört mich. Er stellt mir Fragen, ob ich etwas gehört habe, oder die Türe habe offen stehen lassen, da es keine Einbruchsspuren gibt. Die Zwei schauen sich in der Wohnung um und betrachten die Haustüre näher, aber sie können trotzdem keine Hinweise finden. Die Theorie der Beiden besteht dann darin, dass sich jemand anhand einer Kreditkarte oder etwas ähnlichem Zutritt zu meiner Wohnung beschafft haben musste. Der mich verhörende Beamte befragt mich zudem, ob mich der Einbrecher sexueller Natur bedrängt hat, was ich allerdings ausschließen kann, weil ich keine Anzeichen einer Vergewaltigung und auch keine Beschwerden im Unterleib habe. Nach der Beendigung der Befragung, Durchsuchung und Sicherstellung aller Fingerabdrücke, welche zu finden waren, nehmen die Beamten nur noch meine auf, um sie von den anderen auszuschließen.

Dieses Szenario wiederholt sich täglich und die Beamten wissen sich nicht zu helfen, denn die Untersuchung der sichergestellten Fingerabdrücke bestätigt nur, dass es sich um meine eigenen Fingerabdrücke handelt, keines Fremden. Ich weiß nicht mehr was ich machen soll und der Beamte rät mir, bei einer Freundin zu übernachten, damit ich in der momentanen Lage nicht alleine bin und es nicht doch zu einem sexuellen Übergriff kommt. Da ich mich selber in Sicherheit wiegen will, übernachte ich bei meiner besten Freundin. Ich packe ein paar Sachen zum schlafen ein und fahre zu ihr. Wir reden bis in die Nacht bei einem Glas Wein und gehen anschließend schlafen. Plötzlich merke ich, wie ich von einem fremden Mann geschüttelt werde und fange an zu schreien. Ist es der Einbrecher oder gar ein Stalker? Meine Freundin steht neben mir und weint, ich weiß nicht, was hier gerade passiert. Der Mann versucht mich zu beruhigen und stellt klar, dass er Arzt vom städtischen Klinikum ist und von meiner Freundin gebeten wurde zu kommen, da sie nicht wusste, was sie machen sollte. Da ich ihn immer noch fragend anschaue und frage was eigentlich passiert ist, klärt er mich auf. Er ist praktizierender Psychologe in einer stationären psychologischen Abteilung eines nahe gelegenen Krankenhauses und kann in der kurzen Zeit und auf der Grund der Polizeiberichte die Vermutung aufstellen, dass es sich hierbei um eine akute Schizophrenie, ausgelöst durch früheren Drogen-missbrauch oder Depressionen oder auch soziale Isolation, handelt und lässt me, myself & I daraufhin einweisen.

Pforten Des Lebens

Der Nebel durchstreift die Nacht. Es ist dunkel, aber die graue Färbung des Nebels ist deutlich zu sehen. Ich fahre in meinem Auto in Richtung Heimat, ich bin müde und die letzten Tage haben mir ziemlich zugesetzt. In letzter Zeit waren bis zu drei Schichten am Tag zu arbeiten und dazwischen blieb nur wenig Zeit um sich zu entspannen oder zu schlafen. Man hat im Leben immer etwas zu erledigen: mal muss man zum Arzt, mal muss man einkaufen, ab und zu etwas mit Freunden unternehmen, weil sie sich sonst vernachlässigt fühlen, und kochen, putzen und was sonst noch so alles anfällt. Die Familie darf man natürlich auch nicht außen vor lassen, auch wenn man es sich manchmal sehr wünscht. Aber nichts auf der Welt kriegt man umsonst und alles auf der Welt hat seine Konsequenzen, auch wenn sie später eintreten als gedacht. Am Steuer habe ich immer viel Zeit zum nachdenken, über meine ganze Situation, mein ganzes Leben und mein ganzes Tun und Lassen. Wie gerne würde man etwas ändern. Ich wünschte ich könnte vieles rückgängig machen, Streitereien mit Freunden und Verwandten, zwanglose One-Night-Stands, welche man hinterher bereut und die kleinen Fehler im Leben eines jeden Einzelnen, auch wenn es sich hierbei nur um Kleinigkeiten handelt. Jedes mal wenn ich beim Autofahren daran denke, denke ich darüber nach, was ich in meinem Leben besser machen könnte, wie ich das Beste aus allen Situationen und es so lebenswert wie nur möglich machen könnte. Dies ist aber, so wie alles, nicht so einfach, wie es sich anhört. Ich versuche schon die ganze Zeit mein Gähnen zu unterdrücken und meine Augen offen zu halten. Hmm, ich sollte mich jetzt wirklich auf den Verkehr konzentrieren. Aber ich muss die ganze Zeit an

Johnny denken und was ich besser hätte machen können. Ich liebe ihn, aber ich muss auch einsehen, dass unsere Beziehung keine Chance mehr hat. Wir sind einfach zu verschieden, haben andere Interessen und Liebe auf den ersten Blick war es auch nicht. Wenn ich nur wüsste, was ich jetzt machen soll, wenn ich die Augen schließe, muss ich immer zu an ihn denken, aber ich habe trotzdem Bedenken, da ich Angst habe, wieder einmal von einem Mann verletzt zu werden. Plötzlich blitzt es und ich sehe wie vor mir ein Autounfall passiert. Oh Gott, hoffentlich ist niemand verletzt. Im selben Augenblick höre ich auf zu denken und alles was ich will, ist zu der Unfallstelle zu laufen und versuchen, der oder den Personen zu helfen. Als ich an dem Auto ankomme und die Tür aufreiße, trifft es mich wie ein Schlag, ich sehe in mein eigenes Antlitz und bleibe entgeistert vor der Türe stehen. Ich merke nur, dass ich keine Schmerzen spüre, habe keine Gedanken mehr und auf einmal wird mir klar, dass ich das bin. Ein Autofahrer hat angehalten und will meinen Körper aus dem Auto bergen, wobei er durch mich hindurch geht und soeben wird mir klar, dass ich gestorben bin und ich nur noch als Geist auf Erden wandle. Das helle Licht, das ich sah, war kein Blitz, sondern die Pforte ins Totenreich.

Rehab

Das Sehen fällt mir schwer, die Sicht ist ganz verschwommen, meine Gedanken sind weder logisch noch geordnet. Zudem habe ich das Gefühl gar nicht denken zu können, aber dadurch, dass ich das gerade gedacht habe, denke ich doch. Doch was ist das für eine Welt voller Gedanken. Sie schwirren in meinem Gehirn herum, sie sind dunkel und wirr. Ich weiß nicht, was ich machen soll, denn ich kann es weder kontrollieren noch ordnen. Verstehen tue ich es auch nicht. Die Gedanken sind unklar und beängstigend zugleich.

Zum Einen sitze ich auf meinem Bett und lese gerade ein Buch, es ist William Shakespeare´s „Hamlet", mein Lieblingsbuch wohl gemerkt. Während ich die Tragödie lese, fällt mir ein Schatten auf meinem linken Arm auf. Ich schaue hinab auf meinen linken Unterarm und der Schatten nimmt Gestalt an, es ist eine Art Wurm, dunkelbraun bis schwarz, und hat etwa einen Durchmesser von 1,5 cm und 3 cm Länge. Wie gebannt starre ich ihn an, ich kann mich nicht rühren, will mich bewegen, aber mein Körper hört nicht auf meine gedanklichen Befehle. Ich schreie mir die Seele aus dem Leib, doch die verzweifelten Schreie, die ich ausstoße, kann nicht einmal ich selbst hören. Meine innerlichen Schreie werden auch immer lauter und nach einiger Zeit kann ich meinen rechten Arm bewegen und versuche den Wurm wegzuschleudern, doch da bemerke ich, dass er bereits unter meine Haut gedrungen ist. Zitternd und völlig verstört taste ich meine Arme ab und spüre wie mehrere Würmer unter meiner Haut auf- und abschlängeln. Ich springe auf von meinem Bett, schließe meine weinenden Augen und versuche meine Arme und meinen gesamten Körper so stark zu schütteln, dass die Würmer wieder aus meinem Körper heraus kriechen. Nach einiger Zeit öffne ich meine Augen wieder und merke, dass ich immer noch auf meinem Bett sitze, schweißgebadet und in meinen Händen „Hamlet" halte und realisiere, dass alles nur ein schlimmer Alptraum war.

Danach gehe ich zu meinem Schreibtisch herüber und mache mich an meine Hausaufgaben. Aber ich komme nicht weiter, meine Konzentration hat abgenommen und liegt momentan auf dem Nullpunkt. Die Schmerzen meiner Augen werden nicht besser durch das dauerhafte Reiben, aber es hält mich einigermaßen wach. Etwas, dass ich hasse, sind Englischübersetzungen mit Fachbegriffen, welche ich immer im Wörterbuch nachschlagen muss. Wenn ich noch wüsste, wo ich das Deutsch-Englisch Wörterbuch hingelegt habe, müsste ich jetzt nicht genervt herumschauen und nach dem Buch Ausschau halten. Aber kurze Zeit später entdecke ich es im oberen Bereich meines Regals. Schließlich entscheide ich mich schweren Mutes doch dazu, zu dem Regal zu gehen, das Buch zu holen und die Hausaufgabe zu beenden. Ich stehe auf und je mehr Schritte ich auf das Regal zu gehe, umso weiter entferne ich mich davon. Ich weiß nicht, wie dies möglich ist. Aber nach einiger Zeit erkenne ich, dass ich mich nicht davon entferne, sondern, dass ich immer kleiner werde. Als ich endlich an dem Regal ankomme, erreiche ich nicht einmal die erste Ablage. Was soll ich jetzt machen? Ich schreie nach Hilfe, aber es kommt niemand und ich bemerke jetzt, dass, um so mehr ich herumlaufe, ich umso mehr schrumpfe. Aus diesem Grund setze ich mich auf den Boden, schwanke vor und zurück und hab nur noch den Gedanken im Kopf, was wohl passiert, wenn ich so klein bleibe. Wird jemand nach mir suchen? Kann mir jemand helfen? Ich fange an zu weinen und dann schließe ich meine Augen und wische mir die Tränen aus dem Gesicht. Als ich die Augen wieder öffne, sitze ich immer noch an meinem Schreibtisch über den Englisch Hausaufgaben und merke, dass ich anscheinend bei der

Übersetzung des Wortes „Rehab" eingeschlafen bin, da das Wort einen langen Strich nach sich zieht...

Der Entschluss einen Entzug zu machen ist schwer, aber ich hätte nie gedacht, dass ein Entzug solche Folgen, wie diese realistischen Alträume, nach sich zieht...

Käufliche Liebe

Es ist der Abend angebrochen und Cecilia beendet gerade ihre Mathematik-Hausaufgaben in ihrem kleinen übersehbaren Zimmerchen. Ihre Eltern sind geschieden und die Mutter hat das Sorgerecht zugesprochen bekommen, hat deshalb auch kaum noch Kontakt zu ihrem Ex-Mann. Da sowohl ihre Mutter als auch ihr Vater beide Arbeit suchend sind, können sie sich nur das Nötigste leisten, außer es fließt ein wenig Geld aus dem Nebenverdienst ein. Ihre Mutter kommt in das Kinderzimmer und kontrolliert nun ihre Mathematik-Hausaufgaben und weist ihre kleine Tochter auf ein paar kleinere Fehler hin, was aber selbstverständlich ist, da man in ihrem Alter nun mal Fehler macht. Nachdem sie die Hausaufgaben kontrolliert hat, macht sie ihrer kleinen Tochter ein warmes Bad. Es riecht nach frisch gepflückter Kamille. Sie wäscht ihr die blonden Locken und den Rücken. Währenddessen spielt Cecilia mit ihrem gelben Quietscheentchen. Sobald die kleinen kindlichen Finger schrumpelig werden, nimmt ihre Mutter ein großes weißes Handtuch. Sie wickelt Cecilia damit ein und nimmt sie schützend auf den Arm. Sie setzt sich auf den Rand der Badewanne und trocknet sie hiermit ab, damit sie nicht friert. Danach wickelt sie Cecilia in ein trockenes, flauschiges Handtuch und hilft ihr noch beim Zähne putzen mit Cecilias kleiner Snoopy-Zahnbürste. Daraufhin trägt die Mutter sie ins Kinderzimmer, setzt sie aufs Bett und trocknet ihre Goldlocken, welche ihr wirr ins Gesicht hängen. Ihre Mutter greift zu einer Haarbürste, nimmt Cecilia auf ihren Schoss und kämmt ihre Haare bis jeder Knoten ausgekämmt ist und ihre Haare im Licht der Glühbirne glänzen. Cecilias Mutter geht herüber zu einer alten modrigen Kommode und greift in die unterste

Schublade und holt ein weißes Hemdchen mit einem rosafarbenem Plüschbär und ein Höschen heraus. Beim Anziehen hilft die Mutter Cecilia ganz liebevoll, legt sie ins Bett, deckt sie zu und gibt ihr ein Kuss auf die Stirn, mit den Worten: „Vergiss nie, ich liebe dich und sei brav!" Sie geht zur Tür, schaltet das Licht aus und macht dafür eine Nachttischlampe an. Einige Augenblicke später klingelt es an der Tür und ein älterer Herr im Anzug wird von der Mutter hereingebeten. Er reicht ihr ohne etwas zu sagen ein Geldschein in die Hand, macht die Tür zum Kinderzimmer auf und sagt zur Mutter: „Hoffentlich riecht sie wieder nach Kamille !"

Phil

Kennst du das Gefühl, wenn du am morgen aufwachst und du noch einen Mordskater vom Vortag hast? Dich kann jeder am Arsch lecken, denn du weißt, dass dies nur ein weiterer beschissener Tag ist, der dich ins Knie ficken wird.

Heute ist wieder so ein Tag. Deshalb verkrieche ich mich lieber gleich in meinem Bett, verdunkele alle modrigen Fenster in meiner Wohnung und mummele mich in meine Schweiß durchtränkte Decke ein. Ich will einfach nur meine Ruhe haben und die anderen sollen sich verpissen. Und gerade als ich denke, wenn man das überhaupt denken nennen kann, ich kann die Augen schließen und in Träumen von geilem Sex versinken, klingelt das Telefon. Total angepisst gehe ich ran und es ist Amy. Bevor sie mich mit ihrem Gelaber und ihrer so supi tollen, ah so fröhlichen Laune voll dröhnen kann, sage ich nur: „Halt die Schnauze und ruf morgen an!" und lege den Hörer auf. Nein, ihr müsst jetzt nicht raten, sie ist angepisst, aber wisst ihr wo mir das vorbei geht? Richtig, es geht mir am Arsch vorbei... Darum werde ich mich morgen kümmern. Ich kann ihr jeden Scheiß erzählen und sie glaubt es mir, tja, dumm fickt gut.

Jetzt will ich aber nur noch eine Kopfschmerztablette, einen Jack Daniels und eine Nutte zum flachlegen. Ich hab aber nur eine Flasche Jack Daniels übrig. Egal, wenn die Flasche leer ist, hab ich keine Kopfschmerzen mehr und meine Hand ist dann genauso gut, wie die Schlampe von letzter Woche. Gedacht, getan. Ein paar Schlucke später ist die Flasche wieder leer. Verdammt. Ich suche nach meinem Handy und rufe Chev an. Übermüdet geht er ran und und murmelt etwas in den Hörer, das sich wie „Was ist?" anhört. „Alter, beweg deinen Hintern zu mir und nimm 'ne Flasche mit. Kriegst auch 'ne Line von mir.", antworte ich. Der Penner ist so was von kaputt, ich muss nur das Wort Line erwähnen und der Typ ist schneller da, als die Feuerwehr. Etwa zehn Minuten später klingelt es an der Tür. Ich sehe Chev, mit einem trüben, leeren Blick gegen die Tür gelehnt und wollte mir erst mal einen Spaß daraus machen ihn zu verarschen. „Wer ist da?" frage ich ihn. „Ich bins, Chev und ich habe unseren Kumpel Jim dabei.", lallt er, stellte die Flasche auf den Boden und hält sich am Türrahmen fest. Der ist so beknackt, der checkt nicht mal, dass ich ihn durch den Türspion sehen kann und sag dann „Wer ist da?? Ich kenne keinen Chev. Ich glaube sie wollen zu Herrn Cash, ein Stockwerk tiefer!" Ich lache mir ins Fäustchen und was macht der Depp von Chev, vergisst Jim und torkelt die Treppe runter. Kaum ist er aus dem Blick, sperre ich die Tür auf, nehme erst mal eine n Schluck und hau' die Türe hinter mir wieder zu. Zurück im Bett denke ich darüber, was ich heute noch mache. Hmm, ich habe keine Kopfschmerzen mehr. Welcher Wichser hat eigentlich Aspirin erfunden? Man braucht doch nur Jim, Jack oder Johnny. Jetzt hab ich doch Lust bekommen, eine Tussi klar zu machen, dann hätte sich das Aufstehen sogar gelohnt. Im Handy stehen zwar lauter Tussen drin, fragt sich aber nur, welche es mir heute so besorgen kann, wie ich es jetzt brauche. Angelina, naja, die ruf ich eigentlich nur an, wenn ich auf Drogen bin, nur dann bin ich mit ihr auf einer Wellenlänge. Jacqueline, nein, sie hat zwar einen toll klingenden Namen, aber sie stellt sich im Bett an, als wäre sie eine Jungfrau. Kendra, blond, vollbusig, und dumm wie Dackelscheiße, aber gut zum vögeln. Also ruf ich sie an „Kendra, Süße, kommst du vorbei?" - „Phil? Wieso hast du mich denn nicht zurückgerufen?", löchert mich die dumme Kuh. „Hey, ich habe deine Nummer verlegt und gerade erst gefunden", antworte ich und so wie ich es mir vorgestellt hab, ist sie drauf reingefallen und hat zugesagt in etwa einer Stunde vor meiner Tür zu stehen. Was ich einfach nicht schnalle ist, was Weiber so lange im

Bad machen. Die schminken sich eine Stunde und sehen genauso aus wie vorher, manche sehen sogar schlimmer aus wie vorher. Männer, besser gesagt ich, gehe ins Bad um zu pissen, scheißen oder einmal im Monat zu duschen. Ich würde doch nur eine Stunde im Bad verbringen, wenn ich mir unter der Dusche einen herunterholen wollte. Aber egal, ich will auch gar nicht in die verrückten Psychen von Weibern eindringen, sondern nur in ihre Mösen. Nach einer Stunde Warterei und dem Sauber machen, steht nun endlich Kendra vor der Tür. Meine Definition von Sauberkeit ist übrigens den Dreck aus'm Fenster schmeißen oder unter das Bett schieben. Immerhin freuen sich sowohl die Ratten draußen, als auch drinnen. Durch den Türspion erblicke ich Kendra und sehe es in ihrem Gesicht, dass sie richtig feucht gevögelt werden will, mache die Tür mit einem breiten Grinsen auf und lasse sie rein. In meiner Bruchbude setzen wir uns aufs Bett und ich bereite zwei Lines für uns beide vor. Wir ziehen sie uns rein und Kendra ist wie immer so high, das sie um mich herumtänzelt und anfängt zu strippen. Es sieht zwar scheiße aus, aber ihr geiler Körper macht es wieder gut. Ihre lange blonde Mähne kitzelt meinen Oberkörper und mit jeder Sekunde wird meine Latte größer, bis ich sie zu mir aufs Bett ziehe, ihr den Rest der Kleidung vom Körper reiße und ihre Brüste knete. Währenddessen leckt sie mich ab und knabbert an meinem Ohrläppchen. Nachdem ich Motorboot gefahren bin, packe ich sie an den Haaren und drücke sie runter, um mir einen zu blasen. Das ist das einzige, was sie drauf hat, Sex. Egal was es ist, ob nun blasen oder von hinten gefickt zu werden. Zu sehen wie sie kommt, ist das geilste an unserem Sex und sie ist kurz davor. Ich stoße immer schneller und heftiger in sie rein, doch plötzlich klopft es an der Tür. „Ist mir scheißegal, wer da ist. Verpiss dich!", schreie ich und mache weiter. „Ich bin's, Amy. Mach sofort auf oder ich trete die Tür ein und dann trete ich dir in deinen drogenverseuchten Arsch.", brüllt Amy. Augenblicklich springe ich von

Kendra, schmeiße ihr ihre Klamotten hin und befehle ihr, sich unter dem Bett zu verstecken. Widerwillig verzieht sie sich unter das Bett. Gleichzeitig öffne ich die Tür und will Amy mit einem Kuss begrüßen, aber sie scheuert mir eine und schreit: „Ich weiß, dass du hier eine Schlampe versteckst. Also komm selber raus oder ich bringe dich um, wenn ich deinen Arsch finde!" Kendra ist auch noch so bescheuert, dass sie wirklich unter dem Bett hervorkommt. Tja, wie gesagt, dumm wie Dackelscheiße! Heulend steht Kendra vor Amy und bittet sie um Verzeihung. Amy schnauft vor Wut und hat einen glasigen Blick, als hätte sie Crack geraucht. Fast schizophren fährt sie Kendra an „Hey du Pissnelke. Willst du ein paar aufs Maul? Muschis wie dich hab ich im Knast reihenweise gefickt!" Kendra packt sich ihre nuttigen Klamotten und läuft ängstlich in Richtung Türe, als Amy eine Neunmillimeter aus ihrer Tasche zieht und sie auf Kendra und mich richtet. Paranoid wie immer schreit sie mich an und das Einzige, was ich noch tun kann, ist lachen. Wie so oft, ist die verrückte Schlampe zu mir in die Wohnung gestürmt und hat mich und die Nutte, die gerade bei mir war, bedroht. Sie hat die Waffe aber nie geladen. Wahrscheinlich weiß sie nicht einmal, wie das geht. Wie so oft, große Klappe, nichts dahinter.

Auf einmal höre ich nur einen Schuss. Ich liege auf dem Boden. Es folgen weitere zwei. Ich drehe mich um und entdecke Kendra ebenfalls blutend auf dem Boden. Viel kann ich nicht denken, außer „Ich glaube es nicht, diese Schlampe kann die Knarre doch laden!" und „Diese Schlampe hat wirklich auf mich geschossen!" Ohne mich zu rühren, sehe ich, wie sich Amy die Knarre an die Schläfe hält und abdrückt. Nach ein paar Augenblicken wird mir schwarz vor den Augen.

Am nächsten Tag steht in der Zeitung, dass es eine Schießerei mit tödlichem Ausgang gab. Es waren drei Personen involviert und Drogen wurden ebenfalls in allen Betroffenen nachgewiesen. Es gab zwei Tote.

Aphrodite

Sie sitzt da und wartet. Es ist bereits die dritte Nacht in Folge, in der sie auf dem Barhocker sitzt und abwechselnd auf ihr Louis-Vuitton-Armband und die veraltete Uhr an der Decke starrt. Eigentlich kann man nicht sagen, dass sie auf ihr Armband starrt. Dafür mochte sie es anscheinend zu sehr. Dieser Blick ist eher eine Art von Bewunderung, wie es zum Beispiel ein Mann schafft, männlich überlegen und gleichzeitig bei der Frau, die er liebt, unterwürfig zu wirken. Die ganze Persönlichkeit, die sie ausstrahlt, passt nicht zu dieser Sorte von Etablissement. Sie trägt einen schwarzen, eleganten Anzug, ich glaube Armani, und das einzige Farbtüpfelchen sind ihre leuchtend blauen Schuhe. Im Gegensatz dazu ist die Bar sehr robust gebaut, aus Mahagoni würde ich schätzen, und hat keinen Schnickschnack, wie zum Beispiel Schnörkelungen, wie man sie aus der Zeit der Romantik kennt. Doch es ist auch keine modrige Absteige. Verstehen sie mich nicht falsch, sie hat eben ihren eigenen Charme und dieser passt eben nicht zu dieser Frau, welche das "Modern Manhattan" verkörpert. Ich traue mich nicht, sie anzusprechen, denn in den zwei Nächten zuvor taten dies eher spartanische Männer, welche das Aussehen eines König Leonidas aus dem Film 300 besaßen, und die Selbstsicherheit, mit welcher der König in den Krieg gegen Xerxes zog. Und ich entspreche nun wirklich nicht dem Bild eines Spartiaten. Ich habe kurze braune Haare, blaue Augen und bin durchschnittlich gut aussehend. Weder habe ich die Muskeln eines Vin Diesel, noch bin ich so abgemagert wie Adrian Brody. Ich bin eben ich, ein 28jähriger Typ namens Andy. Wie die Frau heißt, weiß ich auch nicht, aber bei solch einem makellosen Körper, zartrosiger Haut, langen, blond gelockten Haaren und ihren schlanken

Beinen, die unendlich scheinen, würde ich sie Aphrodite nennen. Sie bestellt sich einen Cocktail und tippt ungeduldig mit ihren French Nails auf den Tresen, bis sie ihren Long Island Ice Tea bekommt. Gerade verspüre ich einen kaum zu haltenden Harndrang, bezahle meine Rechnung und gehe an Aphrodite vorbei in die Toilette, um mich zu erleichtern. Kurze Zeit später kehre ich zurück in Richtung Ausgang und gerade als ich bei Aphrodite vorbei gehe, fällt mir auf, dass ihr rechter Schuh entgleitet und auf den Boden fällt. Da ich nun mal als Gentleman erzogen wurde, bücke ich mich und nehme den leuchtend blauen Schuh in die Hand. Da fällt mir auf, dass auch dies keine normale Discountschuhe sind, sondern Schuhe von Manolo Blahnik, dessen Name im Innenfutter eingearbeitet ist.

Ich sehe also Aphrodite an und sage: "Madam. Ich glaube Ihnen ist etwas abhanden gekommen" und deute auf ihren Fuss ."Dürfte ich Ihnen den Schuh wieder anlegen?"

Sie lächelt mit den strahlendsten Zähnen, die ich je erblickt habe und nickt: "Selbstverständlich, vielen Dank." Dieser Anblick hat etwas von Aschenputtel, nur dass sie bereits eine Königin ist. Sie bietet mir den Barhocker an und dies lasse ich mir nicht zwei mal sagen. Ich husche schnell auf ihn und frage meine Göttin Aphrodite nach ihrem Namen.

"Ich heiße Ophelia. Und du?"

"Andy."

"Nun, Andy. Was machst du hier, genehmigst du dir einen After-Work-Drink genehmigen?"

"Nein, naja, indirekt. Ich komme zwar von der Arbeit, aber das ist nicht der Grund dafür, dass ich trinke."

"Und der wahre Grund ist?"

"Ich will entspannen, Abstand gewinnen und auf andere Gedanken kommen. Meine Freundin dachte nämlich, einen anderen Mann in unserem Bett zu beglücken, wäre das Normalste der Welt. Da bin ich allerdings anderer Meinung", sage ich erbost, "aber genug von mir, was machst du hier? Kommst du von der Arbeit?"

"Nein, ich arbeite nicht. Ich bin auch zum entspannen hier und vielleicht um neue Bekanntschaften zu knüpfen"

Jetzt bin ich verblüfft. Sie arbeitet nicht, kann sich aber teure Markenkleidung leisten. Also entweder ist sie reich geboren, hat eine Mordsabfindung von einem Ex-Ehemann erhalten oder sie hat schwer geerbt. Wie dem auch sei. Ich will nicht für ein geldgieriges Arschloch gehalten werden, deshalb unterlasse ich weitere finanzielle Fragen und konzentriere mich darauf in ihre wunderschönen, ozeanblauen Augen zu schauen und lasse sie von sich erzählen.

Nach etwa zwei Stunden Small Talk und vier Long Island-Ice Teas weiß ich, dass sie 26 Jahre alt ist, eine Wohnung in Manhattan und ein Haus in Malibu besitzt und nicht vergeben ist. "Juhu." Kurze Zeit später lädt sie mich zu sich ein und ich fühle mich wie auf Wolke sieben. Natürlich sage ich gleich zu und will die Rechnung übernehmen, aber sie winkt ab, erklärt: "Alles erledigt" und deutet auf den Barkeeper "Er weiß Bescheid". Der Barkeeper nickt und wir beide verschwinden in einem Taxi, welches bereits vor der Tür wartet. Ich weiß zwar nicht, wie sie das macht, aber es wirkt als gehöre ihr die Welt, meiner Aphrodite.

Bei ihr angekommen, führt sie mich in ihrer Wohnung herum und ich muss zugeben, dass ich etwas neidisch bin. Aber mal ganz ehrlich, wer von euch hätte nicht gerne ein Luxusappartment im, ich glaube zehnten Stockwerk, mit einem Jacuzzi im Schlafzimmer und Spiegel über dem Bett. Wenn man sich das hier so ansieht, könnte man meinen, dieses Appartment gehört Hugh Hefner. Während ich ihre Wohnung noch bewundere, geht meine Aphrodite zu ihrem Jacuzzi und lässt das Wasser ein. Sie zieht ihre Schuhe und ihren Anzug so schnell aus, dass ich es nicht einmal gemerkt habe, aber ich bin von ihrer Schönheit so geblendet, dass ich nicht mehr darüber nachdenke, wie es überhaupt dazu gekommen ist. Wie eine Grazie steigt sie in das Wasser und verführt mich dazu, mich auszuziehen. Voller Vorfreude über die Erhörung meiner Träume steige ich in den Jacuzzi und will meine Aphrodite küssen. Doch noch bevor ich dazu komme, greift sie nach meinem Hals und zerrt mich zu sich. Ehe mir schwarz vor den Augen wird und ich in Ohnmacht falle, spüre ich dort einen seltsamen Schmerz, als hätte sie meinen halben Hals abgebissen.

Ich öffne meine Augen und taste meinen Hals ab. Gott sei Dank, mein Hals ist noch dran und ich habe keine Schmerzen, aber ich habe einen Mordsblutdurst.

Schulende

Nun ist es wieder so weit. Es ist der letzte Schultag, die Sonne scheint und es ist warm. Naja, kein Wunder, es ist schließlich Sommer. Aber dadurch, dass hier ein kühler Wind geht, ist diese Hitze wenigstens einigermaßen erträglich. Mittlerweile ist es 10 Uhr und unsere Klassenleiterin kommt durch die Tür hinein, im Arm das Grauen. Nicht nur unserer siebten Klasse wird es heute überreicht, das Jahreszeugnis. Wenn es um mich geht, wird das Zeugnis nicht nur mir übergeben, ich selbst könnte mich bereits bei dem Gedanken übergeben. Keine Eltern, erst recht nicht meine, können sich auch nur im Geringsten vorstellen, wie ich mich dabei fühle. Das ganze Jahr über gebe ich mir in der Schule Mühe, ich mache meine Hausaufgaben, passe im Unterricht auf und lerne den Lehrstoff. Natürlich gibt es Tage an denen es dich erwischt, ohne das du etwas gelernt hast und du kassierst eine schlechte Note. Wenn du allerdings deine Freizeit opferst und trotzdem nur schlechte Noten bekommst, fühlst du dich, als wärst du der letzte Versager der Welt. Du willst getröstet werden und erwartest Verständnis von deinen Eltern. Ich werde von unserer Klassenleiterin aufgerufen und das in einem Unterton, welcher die Abneigung kaum verbergen kann. Man hört oft von Kindern, wenn sie schlechte Noten haben, dass die Lehrer schuld sind, weil sie einen nicht mögen und die Eltern glauben ihren Kinder nicht. Aber selbst wenn es bei vielen nur eine Floskel ist, heißt es noch lange nicht, dass dies bei jedem so ist. Aus persönlicher Erfahrung kann ich bestätigen, dass es Lehrer gibt, die eine Antipathie gegenüber einigen Schüler haben. Ich bin so ein Schüler. Und sie ist so ein Lehrer. Ihr Name, wie ich zugeben muss, passt zu ihr. Es ist nämlich der Name eines Vogels und zugegeben, sie hat auch einen Vogel, einen ziemlich schrägen! Sie sieht mich verachtend an und drückt mir dieses Stück Papier in die Hand, was ich ehrlich gesagt am liebsten verbrennen würde. Ohne es eines Blickes zu würdigen, gehe ich zu meinem Platz zurück, setze mich nieder und drehe es um. Mich trifft der Schlag, natürlich gibt es Zensuren, die feststehen, allerdings gibt es dann noch ein paar, bei denen man zwischen zwei Noten schwebt. Wenn ich mir diese schwebenden Noten anschaue, habe ich eindeutig den kürzeren gezogen. Unter anderem bei meiner lieben Frau Klassenleiterin, in Deutsch und in Geschichte hat sie mir die schlechte Note gegeben. Wahrscheinlich hat es ihr ein riesiges Vergnügen bereitet, mir das Leben noch schwerer machen zu können. Ein Blick auf die Uhr und ich bekomme langsam schwitzige Hände. Es ist 11 Uhr und um 11.30 Uhr haben wir offiziell dieses Schuljahr abgeschlossen. Was ich vorzuweisen habe, sind vier 2er, drei 3er, drei 4er und ein 5er, aber ich wurde in die nächste Jahrgangsstufe versetzt. Trotzdem ist das für mich kein Trost, denn ich weiß, was mich erwartet. Es ist 11.30 Uhr und ich treffe mich mit meiner Schwester vor dem Schulhaus, um gemeinsam nach Hause zu fahren. An Hand von ihrem Gesichtsausdruck sehe ich gleich, dass ihr Zeugnis wohl kaum besser sein wird, als meins. Ein bisschen verschüchtert und verängstigt vor der Reaktion unserer Eltern fassen wir uns an den Händen und gehen nach Hause.

Eine halbe Stunde später stehen wir vor der Tür. Meine Schwester schließt sie auf und wir treten ein. Im Wohnzimmer angekommen, warten schon unsere Eltern, meine Mutter auf der Couch und mein Vater gegenüber von meiner Mutter auf einem Sessel mit einem Bier in seiner Hand. Herrisch befiehlt er meiner Schwester und mir, unsere Zeugnisse auszuhändigen. Wir gehorchen, fangen an zu weinen und beteuern, uns zu bessern. Mein Vater sagt nur unbeeindruckt: "Ihr wisst was das bedeutet?" und geht zur Tür heraus. Meine Mutter fängt an zu weinen und sagt kein Wort. Wenig später kehrt er zurück, mit einem Gürtel in der Hand, aus Leder, etwa 90 cm lang, 3 cm breit und etwa einen halben Zentimeter dick. Er befiehlt uns, dass wir uns umdrehen und dann bestraft er uns für jede vier einmal und jede fünf zweimal. Keine Träne und kein Flehen kann ihn erweichen, denn er ist der Meinung, das wir keinen Respekt vor ihm und meiner Mutter haben. Aber eines hat er bis heute nicht gelernt: Furcht flösst man ein, Respekt muss man sich verdienen!

Naked Truth

Prolog

Zuerst etwas über mich selbst. Mein Name ist Valerie und manche würden sagen, ich bin mit meinen erst 22 Jahren zu jung um etwas über das wahre Leben erzählen zu können. Allerdings muss ich diesen Leuten gleich entgegnen, dass dafür, was ich alles erlebt habe, ich mit meinen 22 Jahren reifer und erfahrener bin als so manche Leute mit 40, die noch naiv und blauäugig durchs Leben wandern.

Jeden einzelnen Menschen prägen viele verschiedene Erlebnisse aus der Vergangenheit. Diese Erlebnisse kann man in verschiedene Teile des Lebens gliedern, wie die Familie, Karriere und die wahre Liebe. Wenn es um Liebe in meinem Leben geht, hat mich bisher nur ein Mann seelisch berührt. Und wie?

Das könnt ihr hier lesen.

Ich wünsche euch viel Spaß dabei und vielleicht könnt ihr euch mit einer meiner Erfahrungen identifizieren.

Das Kennenlernen

09. August 2003 (Samstag)

Die erste Begegnung mit Johnny fand vor fünf Jahren auf dem Weg nach Warschau, Polen statt. Es war eine überschaubare Gruppe junger Leute, die das Herz Polens kennen lernen und wenn es nach mir ging, auch erobern wollten. Der Abend war schon angebrochen, aber er fiel mir sofort auf. Er war ein Abbild von einem Mann, 25 Jahre alt, etwa 1,80 m groß, blond gelockte Haare und ein Lächeln, wie es Heath Ledger in "Ritter aus Leidenschaft" hatte. Mich traf es wie ein Blitz und ich verliebte mich auf den ersten Blick in dieses himmlische Antlitz. Während der Busfahrt nach Polen verbrachten wir Stunden damit, über alle möglichen Themen miteinander zu reden und ich genoss jede Sekunde, seine Stimme zu hören und ihm in die Augen sehen zu dürfen. Ich (ja, der Esel nennt sich immer zuerst), Johnny, meine große Liebe, und Matthew, sein kleinerer Bruder, wir waren die Einzigen, die polnisch reden konnten und das nutzten wir natürlich auch aus. Im Großen und Ganzen kann ich nur sagen, dass es eine Ehre für mich war, eine Woche mit ihnen und den anderen verbringen zu dürfen, zu quatschen und zu lachen. Natürlich gab es auch Tiefen, wie Eifersüchteleien, Streitereien und Saufereien. Johnny sendete mir bereits am ersten Abend eindeutige Signale, aber ich wollte nichts mit ihm anfangen. Zum einen waren wir berauscht und zum anderen war mir bewusst, wir würden uns nach dem Urlaub nie wieder sehen und ich wollte meine Jungfräulichkeit nicht an einen, wie ich damals glaubte, harmlosen Urlaubsflirt verlieren. Somit tat ich das, was ich für richtig hielt und wies ihn ab. Am nächsten Tag machte er sich vor meinen Augen bereits an eine andere ran. So ein Penner. Anscheinend würde er alles vögeln, was bei drei nicht auf den Bäumen ist. Am letzten Tag der Reise waren alle mit dem Packen beschäftigt und bereiteten sich auf die Abschlussfeier vor, wo wir ein paar Souvenirs bekamen. Als der Abend anbrach, stellte er sich provokant mit der anderen Tussi vor mir auf, küsste sie und schaute mir dabei in die Augen. Seine Augen strahlten etwas aus, was schwer zu beschreiben ist. Aber eins ist klar, als ich ihn so sah, kam er mir wie eine notgeile, dumme und böswillige Hyäne vor, die gerade sein nächstes Opfer gefunden hat. Das "in-meine-Augen-schauen" hatte etwas von Marquis de Sade, denn was sie verband, war der Lustgewinn, wenn man anderen Schmerzen zufügt. Das Einzige, was sie unterschied, war die Tatsache, dass der Marquis körperliche Schmerzen und Johnny seelische Schmerzen zufügte. Im nächsten Moment riss bei mir ein Faden und ich rannte die Treppe hoch in mein Zimmer und schnappte mir eine Flasche polnischen Wodka, den ich an diesem Tag eigentlich als Geschenk gekauft hatte, und trank drei Viertel auf ex! aus. Hmm, ich glaube ich muss nicht erwähnen, dass ich nichts mehr von der Nacht weiß…

Am nächsten Morgen ging es nach zehn Tagen wieder zurück nach Hause. Die ganze Fahrt über hatte ich so einen Mordskater, dass ich nicht wusste, was lauter war: die pochenden Kopfschmerzen oder meine Umgebung. Als wir endlich daheim ankamen, nach zahllosen Stunden der Quälerei, versprach ich Johnny und Matthew, sie mal zu besuchen (stand zu diesem Zeitpunkt noch unter Alkoholeinfluss vom Vortag: ¾ Flasche Wodka auf ex und Bier und so), was ich aber nicht wirklich vor hatte. Ich gebe es zu, ich bin eine feige Sau. aber damals war das Wichtigste für mich, mein normales Leben fort zu führen und der Versuch Johnny zu vergessen.

Mittlerweile verging ein Jahr wie im Flug und meine Gefühle zu Johnny waren zwar noch da, aber sie schwanden langsam, sehr langsam, zu langsam! Ich versuchte mein Verlangen und meine Sehnsucht nach ihm zu verarbeiten, indem ich anfing, Gedichte zu schreiben, aber es half nicht viel, denn er war immer noch in meinem Herzen verankert. Eines Tages jedoch, es war im Oktober, bildete ich mir ein (ich weiß immer noch nicht ob es eine Halluzination oder die Realität war), Johnny bei mir in der Stadt auf der Straße gesehen zu haben, obwohl er etwa 70 Kilometer entfernt wohnt. Warum ich es nicht genau weiß? Ich bin kurzsichtig und war ziemlich im Stress.

Folge:

Meine Gefühle für ihn kamen zurück.
Wie kann es ein Mann schaffen, in einem Hirn als unvergesslich abgespeichert zu werden??

Er kann es!

Das Wiedersehen

28. Juli 2005 (Donnerstag)

Alkoholeinheiten: Keine
Gedanken an Johnny: Wenige

Eigentlich dachte ich, dass ich nach zwei Jahren Johnny
bereits genug verdrängt hätte, um mich auf mein Leben
und vielleicht auf einen neuen Mann konzentrieren zu
können. Doch dies war ein Irrtum, denn kurz darauf wurde
ich eines Besseren belehrt.
Meine Mum arbeitet in einer Firma, die Autoteile für
BMW herstellt. Tja, harter Job, aber meine Mum ist auch
hart im Nehmen. Sie sagt immer, es ist alles reine
Gewohnheitssache. Der einzige Trost in dieser Firma ist
die dreiwöchige Sommerpause jedes Jahr. So auch dieses
Jahr und an ihrem vorletzten Arbeitstag wurde ihr und den
anderen Mitarbeitern auferlegt, die Firma auf Vordermann
zu bringen. Dies hieß für sie zwar keine Akkordarbeit,
aber dafür so lange die Maschinen reinigen, bis alle fertig
waren. Dies hat natürlich wesentlich länger gedauert,
somit kam sie zum einen später als sonst nach Hause und
zum zweiten kam sie logischerweise mit einem anderen
Bus nach Hause. Als sie daheim ankam, berichtete sie mir,
dass sie nach der Arbeit in den Ersatzbus eingestiegen war
und sich in die vorderste Reihe setzte. Die meisten von
ihren Kollegen saßen ganz hinten auf den billigen Plätzen.
Und da meine Mum nicht gerade erpicht darauf war unter
Russen und Türken zu sitzen, machte es ihr nichts aus,
allein in der ersten Reihe zu sitzen. Sie hielt kurz inne und

fuhr dann fort, dass ihr etwas komisch vorgekommen war. Den Busfahrer kannte sie irgendwo her, sie wusste nur nicht mehr woher. Aber nach längerem hin und her sprach sie ihn schließlich an.

FEHLER!!

Es stellte sich heraus, dass der Busfahrer Johnny´s Dad war. So schlau wie meine werte Mutter war, fing sie natürlich ein Gespräch mit ihm an und Johnny´s Dad fragte meine Mum vorwurfsvoll, wieso ich die Familie nicht besucht habe.
Meine Mum gab mir in diesem Moment eine kleine Visitenkarte, mit den Worten: "Hier, die soll ich dir von ihm geben und dir sagen, dass du sie anrufen und besuchen sollst. Die warten auf dich!"
Shit.
Wieso musste das passieren. Wenn man sich das Szenario allein nur vorstellt. Der vorletzte Arbeitstag und Überstunden und ausgerechnet dieser Bus und dann redeten sie auch noch miteinander. Solche Zufälle gab es doch nur in Shakespeare Tragödien. Und das jetzt, wo ich ihn so schön verdrängt hatte. Oder es mir zumindest so sehr einredete, dass ich es schon fast selbst glaubte.

Notiz an mich:

- Ich erschlage die Person, die das Wort "Schicksal" erfunden hat!

- Und ich bin eindeutig gegen Überstunden!

30. Juli 2005 (Samstag)

Alkoholeinheiten: 1 Glas Wein
Gedanken an Johnny: Hmm, 100 Sms sind, naja, viel

Meine Freundin und ich mailen nun schon seit Donnerstag. An meine Handyrechnung will ich im Moment gar nicht denken... (es sind mittlerweile mindestens 100 SMS und ich habe keine Handyflatrate) Wir diskutieren, ob ich hinfahren soll oder nicht oder ob ich überhaupt anrufen soll.

Dann überzeugt sie mich doch mit dem Spruch: "Hey, wie hoch ist die Wahrscheinlichkeit, dass du Johnny wieder siehst?"

Obwohl ich im Hinterkopf habe: Wie hoch ist die Wahrscheinlichkeit, dass der Busfahrer ausgerechnet Johnny´s Dad ist??

Scheiße, gut, ich rufe an.

Ich wähle, ok. Es läutet, nicht ok: es ist eine Frauen-stimme, gar nicht ok. Was sage ich jetzt? Sage ich überhaupt etwas, oder einfach auflegen? Ooops, bin ich hier überhaupt richtig? Na gut, Augen zu und durch.

"Ist Hr. Wisniewski zu sprechen?", frage ich.

"Nein, er ist nicht da, aber wer ist denn dran?", antwortet die Frauenstimme.

Ich hatte fest damit gerechnet, dass er da ist, was sag ich jetzt nur? Hmm: "Hier ist die Valerie, er hat mir seine Visitenkarte gegeben und gesagt ich soll ihn mal besuchen."

Etwas verärgert reagiert sie mit: "Der kommt am Abend. Ruf dann noch mal an" und legt auf, ohne dass ich mich verabschieden konnte.

Bitch, denke ich mir. Aber Moment mal, jetzt kommt es mir erst. Das war sicher seine Ehefrau und ich sage ihr

noch, dass er mir seine Nummer gegeben hat und er gesagt hat ich soll ihn besuchen. Shit, die denkt sicher, ich sei eine Schlampe, die mit ihrem Mann vögelt. Ich kann jetzt unmöglich noch mal anrufen. Doppelte Scheiße, ich hab ihr meinen Namen genannt. Sie wird ihm sicher erzählen, dass eine dahergelaufene Valerie ihren Gatten verführen will. NEIN! Jetzt muss ich mich melden. Aber ich kann es auch positiv sehen. Für noch verrückter können sie mich nicht mehr halten. Krisenzentrum Freundin:
"Soll ich noch mal anrufen?
Soll ich hinfahren?
Was ist wenn Johnny da ist?
Wie soll ich mich verhalten?"

Souveräne Antworten von meiner sehr geschätzten Freundin:
"1. Ja;
2. Ja;
3. Nix;
4. Normal!"

Danke...

Und dann fügt sie noch hinzu:
"Ganz einfach. 1. Der wohnt sicher nicht mehr daheim. Er ist schon 27! 2. Er ist mit Sicherheit nicht mehr so geil wie vor zwei Jahren. Und 3. Wie hoch ist die Wahrscheinlichkeit, dass er seine Eltern an dem selben Tag besucht wie du?!"
Dies leuchtet mir ein.
Es klingelt wieder. Die Frauenstimme... (Soll ich auflegen?)
Ich fange wieder an: "Ähm, ist Hr. Wisniewski jetzt zu sprechen?" Nach ein paar Sekunden die Erleichterung. Sein Dad ist da und spricht in den Hörer: "Valerie, wie geht´s? Wann besuchst du uns? Hast du morgen Zeit? Kommst du morgen!?"

Bombardiert von den Fragen und mehr Befehl als Frage, antworte ich perplex "OK, so gegen 16 Uhr." Was hab ich mir nur dabei gedacht! Und jetzt? - Kleiderfrage...
Ich muss ein guten Eindruck machen, nach der Pleite mit dem ersten Telefonat.

31. Juli 2005 (Sonntag)

Alkoholeinheiten: 1 Weinschorle
Gedanken an Johnny: Hab aufgehört zu zählen

Ich war noch nie in Plattling und ich habe nicht den Luxus eines Navigationssystems. Aber ich habe die Sturheit, das Haus allein finden zu wollen.
Aber wo zur Hölle bin ich eigentlich?!?
Bin nach etwa anderthalb Stunden des Suchens und Leute - nach - dem - Weg - Fragens kurz vorm aufgeben, da entdecke ich ein Schild auf dem steht "Fichtstraße". JA! Ich habe es gefunden.
Fast ohne Stress und fast beim ersten Mal...
Die richtige Hausnummer hab ich jetzt auch. Ich parke noch schnell und gehe Richtung Eingang, da kommt mir schon sein Dad entgegen und umarmt mich. "Wieso hast du nicht angerufen, ich hätte dich abgeholt. War es schwer hier herzufinden?", fragte er mich.
Ich schaute ihn an: "Nein, ganz einfach, war kein Problem." Bin schließlich gut im Orientieren, zumindest meistens...
Etwas unbehaglich gehe ich ihm hinterher auf die Terrasse.
JA, Gott sei Dank, kein Johnny. Bis jetzt läuft alles super. Er stellt mich seiner Frau (die mich von oben bis unten mustert) und drei anderen Verwandten vor. Ich setze mich dazu und wir reden über alles mögliche. Unter anderem auch über das erste Telefonat, welches sie wirklich falsch verstand. Aber jetzt beim Erzählen lachen wir darüber. Sie wollen natürlich alles wissen, was ich mache, was es neues gibt...
Auf einmal höre ich ein Auto kommen. Etwas ungewöhnlich, da sie am Ende der Straße wohnen, also hat

sich entweder jemand verfahren und muss nun wenden oder es ist jemand aus der Familie. Ich hoffe es hat sich jemand verfahren, doch kaum hab ich das gedacht, wurde der Motor abgestellt. Den Versuch, hinzulinsen gab ich auf, denn ich konnte leider nichts sehen, weil ich vor einer doofen Hecke saß, die mir die Sicht versperrte.

Da kommt aber schon Matthew, Johnny´s Bruder und ist genauso überrascht mich zu sehen, wie ich ihn.

"Valerie, was machst du denn hier? Wie geht´s dir?"

"Gut, danke. Bin auf Besuch hier", antworte ich. So schnell wie er da war, ist er auch wieder weg.

Ich denke nur: Juhu, es ist nicht Joh... NEIN!

Jetzt kommt er daher. Der Mann meiner schlaflosen Nächte.

Ich hasse die Stochastik!!

Von wegen, wie hoch ist die Wahrscheinlichkeit, dass er vorbeikommt! Anscheinend ist sie gerade um 100 Punkte gestiegen.

Notiz an mich:

- Freundin anrufen

- Freundin anschreien

- Freundin die Fragen beantworten:

      1. Nein, er wohnt nicht mehr daheim
      2. Er IST geiler als vor 2 Jahren
      3. Seeeehr Hoch!!

"Valerie, du hier?", schmunzelt er mich an.

Ich versinke, er hat meinen Namen genannt. Ich liebe meinen Namen (seit jetzt).

"Wir gehen rein, komm doch nach."

"Ja, mach ich", antworte ich schnell. Oh, jetzt fällt mir erst auf, dass ein Mädel hinter ihm steht, seine Freundin ☹. Toll, der Tag kann anscheinend nicht schlimmer werden. Zu früh gefreut...

Mittlerweile muss ich schon dringend aufs Klo. Also frage ich den Vater, wo die Toilette ist. Kenne mich hier schließlich gar nicht aus.

Er schaut durch die getönte Terassentür und schreit: "Johnny, komm mal her. Zeig Valerie, wo die Toilette ist." Ich entdecke ihn jetzt erst. Er war/ist in der Küche, also direkt neben der Terrasse. Ich stehe auf, zupfe meinen Rock zurecht und gehe in die Küche hinein und schließe die Türe hinter mir. Da merke ich, dass sich Johnny etwas zu essen macht und wir gerade alleine sind.

Er kommt näher, in diesem Moment flüstert er mir ins Ohr: "Ich kann dir auch zeigen, wo das Schlafzimmer ist..."

Oh mein Gott!!

Du hast eine Freundin, dachte ich mir. Obwohl ich zugeben muss, dass ich fast "Ja, sofort, wo?" entgegnen wollte. Statt dessen kam nur ein: "Nein, danke, ich muss mal!"

Im Klo angekommen (und ohne Umwege durch gewisse Schlafzimmer) sehe ich erst, wie rot ich geworden bin. Ich hätte etwas Cooleres antworten sollen, aber wie willst du das schaffen, wenn du überrumpelt wirst!??!

Bin wieder draußen und einen halben Liter leichter. Sein Dad kommt auf mich mit den Worten zu: "Na, die Jungs haben sich nicht geändert, oder?" (Hmm, Johnny: ... Nein) "Willst du nicht zu ihnen? Die Treppe rauf und erste Tür links."

"Ok", mehr fällt mir nicht ein. Mein Hirn hat ausgesetzt und wer ist schuld daran? Johnny und der Gedanke mit ihm im Schlafzimmer.

Lecker...

Gut, dass man bei Frauen nicht sichtbar erkennen kann, ob sie erregt sind. Ich bin es jedenfalls. Habe aber Dank meiner genetischen Konstellation keine männlichen Genitalien und somit auch keinen Steifen.

Juhu, es leben die Frauen (ohne Schwänze).

Zögerlich und nachdenklich gehe ich ins Zimmer, natürlich nachdem ich geklopft habe - habe schließlich gute Manieren!

Die drei reden miteinander und ich setze mich (nur wo?) dazu. AHA. Eine Ecke ist frei. Johnny spricht mich an, fragt mich, wie es mir geht. (Ich glaube, ich erwähne lieber nicht meinen imaginären Steifen) "Gut, danke."

Gut gegangen. Ich lasse mir einfach nichts anmerken. Meine Eltern haben schon immer behauptet, ich könne gut schauspielern.

Eines meiner Talente...

Wir reden polnisch. Natürlich ist es keine Absicht. Ich weiß zwar, dass die Freundin von Johnny keine Polin ist und kein polnisch versteht, aber es ist keine Absicht. Ich kann doch nichts dafür, dass sie die Sprache nicht lernt. Außerdem redet Johnny auch auf polnisch. Wir reizen sie nicht absichtlich damit.

Notiz an mich:

-    Immer polnisch reden, wenn die Freundin dabei ist...

Nach einigen Stunden fahre ich heim, bin müde und es war doch etwas viel auf einmal.

31. Juli 2005 - 27. Mai 2006

Seit dem 31. Juli war ich etwa sieben oder acht mal dort.
Jedes mal fahre ich hin, rede mit der Mutter; bekomme
Komplimente, wie gut ich gekleidet bin; Johnny
(vorausgesetzt er ist da) flirtet mit mir und macht
Anspielungen sexueller Art.

-> Ich reagiere immer gleich:
Bedanke mich für die Komplimente, habe auch nicht
damit gerechnet (denke auch nur immer einen Tag vorher
stundenlang darüber nach). Und zu Johnny: Mache
ebenfalls sexuelle Anspielungen, lasse ihn aber eiskalt
abblitzen und mache einen auf selbstbewusste, starke
Frau, die nicht scharf auf ihn ist und nicht von ihm
geknackt werden kann.

->-> Meine Reaktion führt dazu, dass er noch schärfer auf
mich ist. Männer sind relativ einfach zu kontrollieren.

Ich habe dazu unter anderem drei Theorien aufgestellt.
Ihre Wissenschaftlichkeit sei dahingestellt.

1. Sagst du einem Mann, dass er etwas nicht kann, macht
er es erst recht, nur um der Frau zu zeigen, dass sie
Unrecht hat.
(Diese Theorie erläutere ich später näher.)

2. Will man, dass sie verrückt nach einem sind, dann lässt
man die Männer etwas zappeln.
Männer leben noch in ihrer Steinzeit und wollen immer
noch den Eroberer spielen.

3. Damit die Männlichkeit nicht leidet, sollte man ab und zu "Schwäche" zeigen und ihm das Gefühl geben, dass man ihre Hilfe braucht, weil die Frauen doch sooo "verletzlich" sind.

27. Mai 2006 (Samstag)

Alkoholeinheiten: 1 Gläschen Likör
Gedanken an Johnny: Viele, sehr viele

Kaa, eine meiner besten Freundinnen und ich fahren zu
Besuch nach Plattling. Kaa, wie die Schlange nicht wie
das Auto! Wir haben uns am Abend aufgebrezelt und
wollen nach dem Besuch bei Johnny´s Eltern noch
weggehen und abfeiern.
Dort angekommen stelle ich Kaa erst einmal allen vor und
ich lerne auch eine neue Person kennen, Johnny´s
Schwester. Eine supernette, angenehme und durchgestylte
junge Frau. Dann setzen wir uns in die Küche,
beziehungsweise auch das Esszimmer. An den großen
ovalen Esstisch setzen sich Johnny's Mum, seine
Schwester, Johnny selbst, Matthew, Kaa und ich mich
neben ihr. Wir kommen ins Gespräch und reden über alle
möglichen Themen, natürlich auch, woher Kaa und ich
uns kennen und über die Liebe, Beziehungen und Partys.
Ich für meinen Teil kann, oder besser gesagt will, über die
ersten beiden Themen nichts sagen.
Es würde sich aber in etwa so anhören: "Ich liebe deinen
Sohn, weiß aber, dass ich ihn nicht haben kann, weil er
eine Freundin hat. Ich bin seit 20 Jahren Dauersingle und
die einzigen Beziehungen, die ich habe sind Affären und
One-Night-Stands, weil ich nicht in der Lage bin, mich auf
einen Mann einzulassen."
Ja, man merkt, dass ich Psychologie als Unterrichtsfach
habe. Da ich mich deshalb bei diesen Themen raushalte,
befragt Johnny´s Mum Kaa zu ihrem Liebesleben. Nach
einer Weile kommen wir zum Thema Partys und Kaa und
ich sagen, dass wir heute ein bisschen feiern gehen.
Johnny will wissen, ob wir oft feiern gehen und Kaa

erzählt ihnen, dass ich eine Bar in meinem Zimmer habe. Gut, es ist ein Schrank, denn ich umgestemmt habe, mit Postern beklebt habe und als Deko habe ich lauter Schnaps- und Weingläser darauf postiert und natürlich sind im Schrank lauter Alkoholflaschen, wie zum Beispiel Erdbeerlimes, Liköre, Whiskey und natürlich polnischer Wodka. Zum Mixen sind auch ein paar Flaschen Säfte da. Habe alles in dieser Woche nachgefüllt, weil wir in einer Woche sozusagen Abschluss feiern werden. Naja, wir schreiben am Freitag die letzte Abschlussprüfung und danach stoßen wir entweder auf den Erfolg an oder saufen den Frust weg. Egal wie es ausgeht, wir werden saufen.

Johnny und Matthew sind natürlich total begeistert davon, dass ich eine eigene Bar im Zimmer habe und Johnny´s Mum lacht dann auch. "Aha, jede Woche eine Party bei Valerie".

Kaa antwortete lächelnd: "Ja, fast. Aber nächste Woche steigt wirklich eine Party. Am Freitag Abend treffen sich alle im Wohnheim und dann feiern wir die letzte Prüfung. Ihr könnt doch auch kommen und mitfeiern." und schaute dabei Matthew und Johnny an.

Ich dachte nur: das hat sie nicht gesagt.

Als ich dann von Johnny hörte "Natürlich, ich versuche zu kommen", dachte ich: das hat er nicht gesagt. Total sprachlos antwortete ich dann nur noch "Äh, ja, ihr seid eingeladen." Matthew deutet aber gleich an, dass er keine Zeit haben wird. Dafür ist Johnny um so interessierter. Naja, das glaube ich auch erst, wenn ich es sehe. Aber wir haben uns darauf geeinigt, dass er es sich bis Freitag überlegt und mich dann anruft, wenn er da ist, denn ich müsste ihn dann vom Bahnhof abholen. Wobei ich das nicht wirklich als Problem sehe.

Nach einiger Zeit verabschieden wir uns voneinander und Kaa und ich fahren zum MGM und lassen es uns richtig gut gehen. Wobei ich zugeben muss, dass alles, woran ich denken kann, die Frage ist, ob Johnny kommt oder nicht.

02. Juni 2006 (Freitag)

Alkoholeinheiten: unzählbar
Gedanken an Johnny: unzählbar (weswegen ich auch mein
Mathe - Abi in den Sand gesetzt habe)

Heute feiern wir, weil wir die vier Prüfungen zum
Fachabitur überlebt haben. Wir sind alle sehr stolz, auch
wenn wir es nicht geschafft haben: wir haben immerhin
irgendetwas auf die Angabenblätter gekritzelt.
Warte auf eine Antwort von Johnny. Wie lange kann es
dauern, von Plattling nach Landshut zu kommen? Oder
kommt er vielleicht doch nicht? Ich fange an daran zu
zweifeln. Versuche mir aber nichts anmerken zu lassen.
Warte angespannt mit zwei Freundinnen von mir auf
Johnny und habe mit ihnen bereits ausgemacht, dass, wenn
Johnny kommt und jemanden mitbringt, sie den Kumpel
haben können. Aber von Johnny werden die Finger
gelassen.
Warte immer noch...
Nachdem ich mich fertig gemacht habe und mein Zimmer
auch schon aufgepimpt ist, kommt die erlösende
Nachricht, dass sie am Bahnhof angekommen sind. Total
nervös fahren wir dann in zwei Autos Richtung Bahnhof.
Tja, mein "Mercedes" ist leider nur ein Zweisitzer
(getunter Smart mit über 80 PS und stolz darauf) und der
Beifahrersitz ist bereits reserviert. Logischerweise...

Auf einmal sehe ich ihn. Und er hat jemanden
mitgenommen, aber es ist kein Kumpel von ihm, sondern
sein Bruder Matthew. Meine Laune bessert sich
schlagartig. Ich wusste, dass er kommt, habe fast nicht
daran gezweifelt...
Wir begrüßen uns, ich stelle alle einander vor und teile die

Fahrgemeinschaften ein. Johnny zu mir, Matthew zu den Mädels. Ich denke, alle sind zufrieden. Ich jedenfalls schon...

Wir brauchen etwa zehn Minuten und wir sind bei mir im Wohnheim. Bin gespannt was er von meinem Zimmer hält.

Beide gehen durch die Tür und fast zeitgleich der erste Kommentar: "Du hast ja wirklich eine Bar in deinem Zimmer?! Cool."

Puuh, er ist begeistert, das ist sehr gut. Jetzt weiß er, dass ich kreativ bin und Geschmack habe. Toller Einstieg, nach ein paar Minuten trudeln auch schon die nächsten Gäste ein und die Runde wird voller. Ich mache währenddessen schon mal die ersten Cocktails und die Stimmung wird immer lockerer. Eines unserer Gesprächsthemen ist natürlich Sex und Frauen. Johnny, so überzeugt er von sich ist, behauptet, man könne jede Frau ins Bett bekommen.

Jetzt komme ich zurück zu meiner ersten Theorie. Wenn man einem Mann sagt, er kann etwas nicht, strengt er sich erst recht an, um es zu erreichen.

Unter anderem unter dieser Voraussetzung, sage ich zu ihm auf polnisch, damit es die anderen nicht mitbekommen: "Das stimmt nicht. Wetten, dass du es nie schaffst, mich ins Bett zu kriegen!"

"Da können wir gerne wetten, weil ich gewinne. Ich bekomme dich sicher ins Bett", reagiert er gleich.

Tja, ich würde aber behaupten, dass das keine Manipulation der männlichen Gedankenstränge war. Ich bin ja auch nur eine schwache Frau...

Nach etwa zwei oder drei Stunden gehen wir raus auf die Party im Hinterhof, wo viele aus der Schule sind und sogar ein Lehrer vorbei gekommen ist.

Den ganzen Abend über flirtet er mit mir und ich auch mit ihm, aber auch mit einem anderen, und natürlich so, dass er es sieht. Wie viel Alkohol ich zu diesem Zeitpunkt intus habe ist mir unklar, aber ich muss unbedingt mal aufs Klo.

Gehe also in mein Zimmer und entledige mich von dem überflüssigen Wasseranteil in meinem Körper. Mein Kumpel Veith kommt ein paar Minuten später vorbei und fragt mich, ob ich Johnny bereits meine Liebe gestanden habe, was ich Anfang des Abends noch vor hatte. Mittlerweile war ich nicht mehr so sicher. Ja, ich bin ein Schisser, immerhin gebe ich es zu.

Ich bitte Veith darum, Johnny in mein Zimmer zu zitieren. Jetzt ist mir nur noch schlecht. Bin leider nicht in der Lage zu unterscheiden ob es am Alkohol oder an meinem Vorhaben, ihm die Liebe zu gestehen, liegt. Ich bin aber auch ein Mensch, der nicht den Schwanz einzieht (ebenfalls imaginär). Nach nicht mal drei Minuten ist er da. Wir setzen uns auf mein Bett und reden miteinander. Ich gebe zu, ich rede um den heißen Brei herum.

Schließlich sagt Johnny: "Valerie, sag schon, was los ist, so schlimm kann es nicht sein."

Und da schaue ich ihm in seine blauen Augen und entgegne: "Naja, vor fast drei Jahren, als wir uns kennen gelernt haben, habe ich mich in dich verliebt..."

"Und du tust es immer noch, oder?", unterbricht er mich.

Ich kann nur noch nicken. Ich stehe auf und fahre fort: "Jetzt kannst du es vielleicht besser verstehen, warum ich wollte, dass du heute kommst. Mir war wichtig, dass ich dir das sage, weil ich das schon seit fast drei Jahren fühle."

Er antwortet daraufhin mit ernster Miene: "Hmm, dann kann ich ja wieder heimfahren, wenn das alles war.", und in dem Moment fängt er an zu lächeln, "Nein, war nur ein Witz, aber eins verstehe ich nicht. Wir haben uns so lange nicht mehr gesehen, was ist so besonders an mir?"

Ohne nachzudenken kommt es, wie aus der Pistole geschossen: "Weil du perfekt bist!"

Er winkt ab und versucht mit den Worten: "Nein, das bin ich nicht", die Aussage abzulehnen.

Doch ich bleibe stur und überzeuge ihn: "Doch das bist du. Wenn ich es so sage, dann stimmt es auch, aber ich weiß auch, dass du eine Freundin hast und aus uns nichts wird. Wieso solltest du auch mich nehmen, wenn du Bessere haben kannst!"

Ebenfalls ohne nachzudenken, entgegnet er: "Valerie, ich bin gerade vergeben. Aber du bist eine wundervolle Frau!" Ich habe das zwar gerade gehört, aber ich kann es nicht glauben. Wie kann er das nur sagen. Ok, er hat es sicher nur gut gemeint, aber jeder, der nur einen Funken Verstand besitzt, fragt sich, so wie ich auch: "Wenn ich eine wundervolle Frau bin, wieso will er mich dann nicht?"

Ich komme zu dem Schluss, dass ich von ihm keine Komplimente hören will, so macht er mir nur Hoffnungen. Hoffnungen ohne Happy End. Jetzt bin ich sauer. Nach einer stillschweigenden Minute äußert Johnny den Vorschlag, wir könnten zurück zu der Party im Hof gehen. Da es am Vorabend geregnet hat und ich etwas zu klein für meine zu lange Hose bin, sind die Hosenbeine mit Wasser voll gesaugt. Ich sage Johnny, dass ich mich noch schnell umziehe und wir dann zurück gehen können. Also husche ich schnell in mein Badezimmer und ziehe mich um. Nebenbei bemerkt habe ich die Devise, man müsse nicht zwingend notwendigerweise immer Unterwäsche anziehen, da man sowieso Hosen oder ähnliches an hat. Obwohl ich kurz überlege, ob ich mir nicht ein Unterhöschen unter meinen Rock, den ich jetzt gegen die nasse Hose eingetauscht habe, ziehe, entscheide ich mich dann allerdings doch dagegen. Denn der Rock geht bis zum unteren Teil der Unterschenkel, also kein Problem "unten ohne" herum zu laufen. So gehe ich also raus und Johnny begleitet mich zurück auf die Party. Damit man uns nicht versteht, reden wir meist polnisch. Da es mittlerweile draußen schon kühler ist, als ich dachte, friert es mich etwas. Johnny, so aufmerksam wie er ist, merkt es und fragt mich, ob mir kalt ist.

Sogleich antworte ich ihm: "Mir wäre schon wärmer, wenn ich wenigstens ein Unterhöschen an hätte!" Jetzt realisiere ich, was ich gerade gesagt habe und ich könnte mich ohrfeigen. Nicht einmal eine Sekunde später und Johnny´s Hand wandert über meinen Po, um zu überprüfen, ob ich wirklich Keines trage. Ich weiß nicht, ob ich geil werden oder ob ich ihn ohrfeigen soll. Aber im Moment bin ich nicht besonders gewaltbereit. Dabei denke ich mir auch gleichzeitig, ich könnte unter Umständen vielleicht doch noch eine Chance bei ihm haben. Dies widerlegt sich aber nach kurzer Zeit. Er hat einen Gesprächspartner gefunden und sieht mich nicht mehr. Etwas enttäuscht, versuche ich ihn auf mich aufmerksam zu machen, indem ich mich an einen anderen Gast ranmache. Da ich ihn eifersüchtig machen will, verschwinde ich mit ihm in meinem Zimmer. Wir küssen uns dann, aber ich merke auch schnell, dass er aufs Ganze gehen will, im Gegensatz zu mir. Gott sei Dank, es klopft an meiner Tür. Der Typ will mich davon abhalten, die Tür zu öffnen, doch ich bin schneller und mache sie auf. Es ist Matthew, Johnny´s Bruder. Das kommt mir gelegen, da ich den Typen aus meinem Zimmer haben will. Auf polnisch flüstere ich Matthew zu, er soll ins Zimmer reinstürmen und sagen, dass er unbedingt mit mir reden muss und dass es nicht warten kann. Das macht er auch und der Typ zieht sich daraufhin zurück, beziehungsweise verlässt mein Zimmer. Dankbar wie ich bin, biete ich Matthew etwas zu trinken an und wir setzen uns auf mein Bett. Nach der Enttäuschung mit Johnny und der Aufdringlichkeit des Typen habe ich einen Gesichtsausdruck, als gehe die Welt unter. Matthew fragt mich daraufhin, was los sei. Ich gestehe ihm meine Gefühle für Johnny und dass ich mich im Moment schlecht und allein fühle. Matthew hört sich die ganze Geschichte an und versucht mich zu trösten. Daraufhin geschieht etwas, das ich nicht verstehe. Matthew macht sich an mich ran. Und nun das schlimmere Übel: ich mache auch noch mit. Wenn ich gerade überhaupt denken kann, dann denke ich wahrscheinlich in dem Moment, wenn ich Johnny nicht haben kann, dann bekomme ich als

Trostpflaster wenigstens seinen Bruder! Wir gehen aufs Ganze und ich genieße den Moment, in dem ich nicht an Johnny denke und gerade als wir miteinander schlafen und ich vorm Höhepunkt bin, klopft es wieder an meiner Tür. Total sauer schreie ich "gleich" schiebe Matthew zur Seite und mache die Tür einen Spalt weit auf.

Es ist der Typ von vorhin mit den Worten: "Du, ich glaube ich habe mein Handy bei dir vergessen, kannst du bitte nachschauen?"

Schon klar, ich bin Polin, ja, aber trotzdem bin ich nicht scharf darauf irgendwelche Handys einzukassieren oder einfach zu behalten und natürlich will ich nicht, dass der arme Kerl ohne Handy rumläuft, also schließe ich die Tür, schaue in meinem Zimmer nach und tatsächlich, das Handy liegt auf meinem Schreibtisch.

Ich schnappe es mir und renne zurück zur Tür und übergebe das gute Stück an seinen rechtmäßigen Besitzer, der noch antwortet: "Vielen Dank. Übrigens, vorhin war auch dieser eine Typ vor deiner Tür, aber der ist dann sauer weggegangen..."

In diesem Augenblick realisiere ich, dass dieser andere Typ sicher Johnny war und er uns möglicherweise gehört hat und deshalb sauer war. Toll, jetzt denkt er auch noch ich bin eine Schlampe. Die Nacht kann anscheinend nicht schlimmer werden. Tja, wieder zu früh gefreut. Kaum gehen Matthew und ich wieder auf die Party kommt uns Johnny entgegen: "Na, was habt ihr den getrieben?!"

Ich will im Erdboden versinken. Als wenn das nicht auffällig genug wäre antworten wir gleichzeitig: "Nichts, wir waren nur kurz im Zimmer."

Johnny sieht mich an und ich erkenne in seinen Augen, dass er genau weiß, was wir getan haben. Jetzt will ich am liebsten gar nicht mehr auffallen, am besten bleibe ich die ganze Zeit auf der Party. Nach einiger Zeit kommt Johnny zu mir und teilt mir mit, dass er mir dringend etwas zeigen müsse... Ich weiß zwar nicht was, aber ich glaube ich würde zu allem "ja" sagen. In meinem Zimmer angekommen schaue ich ihn fragend an, woraufhin er seine Jacke öffnet und ich bekomme ein Schock. Naja, aber eigentlich ein Positiven. Er hat ein paar alkoholhaltige Flaschen mitgenommen und deponiert sie bei mir im Zimmer. Dieses Szenario wiederholt sich noch zweimal und am Ende habe ich etwa zwölf Flaschen. Nicht schlecht, besser als shoppen gehen und so günstig...

Es ist inzwischen etwa 1 Uhr nachts, oder auch 2. Ich kann die Ziffern auf meiner Uhr nicht so deutlich sehen. Und es liegt sicher nur daran, dass ich kurzsichtig bin.... Johnny, Matthew und ich gehen zurück in mein Zimmer und Matthew legt sich in mein Bett und schläft kurz darauf ein. Johnny und ich versuchen noch Matthew aufzuwecken, aber er ist weg, ganz und gar. Es ist wirklich ein lustiger Anblick, aber ich versuche mich mit dem Lachen zurück zu halten. Johnny kommt der Einfall, wir zwei könnten noch eine der erbeuteten Flaschen öffnen. Ich habe freie Auswahl. Nun, nach etwas Starkem ist mir nicht zumute, also entscheide ich mich für einen fruchtigen Erdbeerlimes. Kaum ist die Flasche offen, schenken wir uns gegenseitig ein und bald ist die Flasche auch wieder leer. Da ich langsam müde werde, entschließe ich zu duschen und dann ins Bett zu gehen.

Zu diesem Zeitpunkt muss ich etwas klar stellen: Mein Schloss im Badezimmer klemmt oftmals.

Da ich mich nicht einsperren wollte, erkläre ich ihm: "Johnny, mein Türschloss ist defekt und will nicht eingeschlossen werden. Ich mache die Türe zwar zu, aber nicht das Schloss. Versprich mir, dass du nicht reingehst!"

"Nein, kein Problem, versprochen, geh ruhig", entgegnete er.

Tja, nachdem das geklärt ist, gehe ich unter die Dusche. Ich genieße es, wenn die Wasserperlen meinen Körper berühren und an mir heruntertropfen. Ich kann mich vollkommen entspannen und versinke in meinen Gedanken. Doch plötzlich geht die Dusche auf und ich erschrecke für eine Sekunde, da ich nicht mal gehört habe, dass die Badezimmertür geöffnet wurde. Es ist Johnny und er steht vor mir, in seiner ganzen naturgegebenen Pracht.

Perplex frage ich ihn, was das werden soll.

"Ich will auch duschen und hier passen wir doch beide rein", rechtfertigt er sich.

Ich denke nur: Komm rein, du geile Sau.

Also kam es dazu, dass Johnny die Wette gewann, dass er mich ins Bett kriegt, obwohl es rein technisch gesehen die Dusche war. Damit habe ich auch gar nicht gerechnet... (ähm, siehe Theorie Nr.1). Außerhalb der Dusche geht es dann weiter und ich schwebe, ich schwebe im siebten Himmel. Ich kann es nicht glauben, dass das wirklich passiert. Drei Jahre sehne ich mich nach ihm, träume von ihm und vermisse ihn und nun ist er bei mir. Ich betone: bei mir. Nicht bei seiner Freundin. Und beglückt mich, wie es kein Mann zuvor getan hat. Nein, ich übertreibe nicht.

Es wird ziemlich spät oder auch früh, je nach dem, wie man es sieht und ich sage ihm, dass ich schlafen will; ich auf der Couch und er neben seinem Bruder in meinem Bett, der immer noch halbtot da liegt.

03. Juni 2006 (Samstag)

Alkoholeinheiten: Reste im Blut von gestern (aber kein Kater, Juhu)
Gedanken an Johnny: Unzählbar, nach der Nacht...

Die Sonne scheint ins Zimmer und ich kann nicht mehr schlafen. Ich schaue auf die Uhr. Shit, es ist 9 Uhr: zu wenig Schlaf. Aber im selben Augenblick erblicke ich Johnny und bin froh, dass ich wach bin und ihn beim Schlafen beobachten kann. Er sieht so friedlich aus, wie ein träumender Engel. Deshalb lasse ich ihn und Matthew weiterschlafen und räume währenddessen mein Zimmer auf, welches, wie sich jetzt herausstellt ziemlich mitgenommen aussieht. Nachdem ich das Schlachtfeld aufgeräumt und die Gläser fertig abgewaschen habe, wachen die Schlafmützen auf. Um ehrlich zu sein, bin ich deswegen auch froh. Schnarchen können sie nämlich wie die Weltmeister. Obwohl es sehr amüsant war, nachdem ich herausgefunden habe, in welchem Rhythmus sie schnarchen. Mir ist klar, wie bescheuert es sich anhört, aber die hatten wirklich einen Schnarchrhythmus.
"Kommt langsam zu euch, ich springe schnell unter die Dusche und ziehe mich schon an", sage ich ihnen und verschwinde im Bad - ohne Johnny!
Unter der Dusche merke ich erst, wie müde ich bin, gehe raus, ziehe mir eine Hose und ein Top über und gehe zurück ins Zimmer. Da sehe ich, dass Matthew sich auf meinem "provisorischen" Bett, meiner Couch, breit macht. Ok, dann gehe ich eben im mein Bett. Ist mir auch recht, dass Johnny drin liegt. Jetzt denkt ihr sicher, wir sind alle wieder eingeschlafen. Falsch gedacht, denn dauernd vibriert eines unserer Handys. Wie sich herausstellt, hat Matthew etwa zehn Anrufe in Abwesenheit, Johnny etwa

sieben und ich etwa vier. Nach einem Haufen Vibrationen und Weckrufen von Matthew, stehen Johnny und ich auf. Ich schaue erneut auf die Uhr: kurz nach 12. Ich fühle mich als wäre es mindestens 18 Uhr.

Nach langem hin und her, wie wir das mit der Rückfahrt organisieren, spreche ich ein Machtwort: "Ganz einfach, ich fahre zuerst mit Matthew zum Bahnhof. Johnny, du wartest solange in meinem Zimmer und dann hole ich dich ab und fahre dich zum Bahnhof."

Gesagt, getan. Wir ziehen uns alle an, ich nehme meine Autoschlüssel und wir gehen zum Auto. Auf dem Weg zum Bahnhof reden wir nur über Nebensächliches, man sieht Matthew an, wie fertig er ist. Beim Verabschieden am Bahnhof, sagt er, dass es ihm gefallen hat, dass ich sie wieder mal besuchen soll und bittet mich darum, ihren Freundinnen nicht zu verraten, dass die Beiden auf meiner Party waren. Ich habe kein Problem damit, die können mich so wie so nicht leiden und wenn sie etwas von gestern erfahren würden, wäre ich, glaub ich, Hassobjekt und Mordopfer Nummer eins. Deshalb verspreche ich, nichts zu sagen. Auf der Rückfahrt zum Wohnheim überlege ich, was Johnny wohl in meinem Zimmer macht und was ich ihm noch sagen will. Schließlich weiß ich nicht, ob so eine Chance noch mal wiederkommt.

Am Wohnheim angekommen, gehe ich in mein Zimmer und sehe, wie sich Johnny mit Veith, dem Kumpel von mir, unterhält.

"Wieso hat das so lang gedauert, was habt ihr denn getrieben?", fragt mich Johnny lächelnd.

"Fahren wir?", sage ich ohne auf seine Frage zu antworten.

Wir gehen raus zu meinem Auto, setzen uns rein und ich fahre los.

Was soll ich bloß sagen, soll ich etwas sagen, oder soll er anfangen, was denkt er? Ich wünschte ich könnte Gedankenlesen, denke ich.

Irgendwie fängt dann doch ein Gespräch an. Ich frage ihn

nach seiner langjährigen Freundin Laura, unter anderem, wie alt sie ist.

Daraufhin kommt eine Antwort mit der ich gar nicht rechne: "Sie ist 19. Und sie ist genauso dumm, wie sie jung ist!"

Hallo! Das ist deine Freundin! Wie kannst du so etwas über sie sagen? Auf der anderen Seite kann ich deine Aussage nachvollziehen. Wenn du deine Freundin betrügst, kannst du sie gar nicht so sehr lieben. NEIN. Und gib jetzt nicht dem Alkohol die Schuld. Du behauptest selbst, dass du nicht besoffen warst.

Wieder am Bahnhof, gibt er mir einen Kuss auf die Backe und verabschiedet sich mit den Worten: "Ich hoffe, gestern hat es dir genauso gut gefallen wie mir. Also bis bald."

Ich wende meinen Wagen und fahre wieder Richtung Wohnheim.

Nachwirkungen:

- Jetzt bin ich total müde, gehe schlafen

- Jetzt bekomme ich langsam einen Kater

- Jetzt fällt mir auf: Haben wir verhütet???

- Jetzt wird mir schlecht (Folge der vorherigen Frage)

Notiz an mich:

- Nicht mit Männern schlafen, wenn man angeheitert ist (also unzählbare Alkoholeinheiten intus)

- 'Pille Danach' nehmen. Vorsicht ist besser als Nachsicht!

- Ich habe eine Chance bei ihm: JUHU

07. Juni 2006 (Mittwoch)

Alkoholeinheiten: 1 Gläschen Wein (Johnny´s Mum ist
schuld)
Gedanken an Johnny: Unzählbar, sehe ihn schließlich vor
mir

Meine Freundin Kaa und ich haben Lust wiedermal
wegzugehen. Wir wissen aber nicht, wohin. Da kommt
mir die Idee, wir könnten doch nach Plattling ins MGM.
Und vorher kurz, und rein zufällig, bei Johnny´s Familie
vorbei schauen. Schließlich denke ich dabei eher an
Johnny als an mich. Ich will ihm nämlich eine Flasche
Wodka aus seiner Beute mitnehmen. Hab ihm ja
versprochen, sie ihm bei Gelegenheit vorbeizubringen.
Davon hat er schließlich mehr als ich. Also rufe ich dort
an und die Mutter zögert nicht lang und sagt, wir können
gern vorbeikommen. Nach etwa anderthalb Stunden
Stylen und Hinfahrt kommen wir vor dem Haus an. Seine
Mum öffnet uns die Tür und wir werden gleich ganz
herzlich von ihr begrüßt. Kaa hat einen roten Minirock an.
Und das ist wirklich ein Mini, welcher ihr gerade über den
Po passt. Ich habe denselben schwarzen Rock an wie auf
meiner Party. Kaa, Johnny´s Mum, Matthew und ich
sitzen wieder in der Küche an dem großen Esstisch und
auf einmal kommt die Freundin von Johnny, verabschiedet
sich schnell und zieht sich an. In diesem Moment dreht
sich Johnny´s Mum zu mir um und fragt mich
vorwurfsvoll:
"Willst du ihr nicht sagen, dass die Beiden auf deiner
Party waren??" Ich weiß nicht, was ich entgegnen soll.
Das trifft mich wie ein Schlag ins Gesicht und ich denke
mir nur: Wieso sollte ich? Ich bin Single. Das ist seine
Freundin, also lasst mich in Ruhe. Das soll er klären!

Matthew soll, auf Bitte der Mutter, Johnny holen. Matthew geht runter in Johnny´s Zimmer und kommt gleich wieder zurück und sagt, dass er schläft.

Daraufhin befiehlt ihm seine Mum: "Dann weck ihn auf und sag', Valerie ist da und er soll zum reden heraufkommen." Nach ein paar Minuten kommen beide die Treppen herauf und setzen sich zu uns an den Tisch. Ich stehe auf und stelle mich hinter den Stuhl und stütze mich darauf ab (schlimme Bauchschmerzen: Folge der 'Pille Danach'...). Jeder schaut mich an und fragt, was los sei. Da ich nicht sagen kann oder besser gesagt, nicht sagen will, was genau ist, deute ich nur auf mein Bauch und jammere über Magenschmerzen, gekoppelt mit Kopfschmerzen. Mir fällt ein, dass ich bis jetzt die Fotos von der Polenfahrt nicht gesehen habe, die Johnny gemacht hat. Ich bitte ihn darum, sie zu holen. Widerwillig, was mich gerade etwas sauer macht, geht er und holt eine CD.

Er gibt sie mir und betont: "Hier, vergiss nicht, dir die CD zweimal zu kopieren, damit du sie im Wohnheim Jedem zeigen kannst."

Bei mir ist es so: bin ich etwas sauer, halte ich meine Klappe, weil ich Konflikten aus dem Weg gehen will. Aber wenn mir jemand auch noch mit einem bescheuerten Kommentar kommt, halte ich nicht mehr meine Klappe, sondern gehe in Kampfstellung.

Meine Reaktion ist dementsprechend: "Nein, ich dachte ich kopiere es gleich 20 mal, dann kann ich Jedem im Wohnheim eine Kopie geben!"

Tja, ich bin etwas schlagfertig.

Kaa steht auf und richtet ihren Mini und die Mutter fragt, ob ihr noch eine Unterhose unter den Mini passt. Kaa bejaht dies und da kommt auch schon die Frage, die ich nicht in diesem Moment hören will. Auf einmal stößt mir jemand von hinten gegen mein Bein und ich drehe mich um.

Es ist Johnny (habe gar nicht gemerkt, dass er hinter mir

steht) und er fragt mich: "Na, Valerie, und trägst du heute etwas unter dem Rock" und mustert mich von unten nach oben.

Das ist das zweite Mal an diesem Abend, dass ich sprachlos bin. Reflexartig antworte ich abweisend: "Ich wüsste nicht, was dich das angeht!"

Ich sehe nur noch, dass er durch die Küchentür auf die Terrasse geht und sich eine Zigarette anzündet und uns von draußen beobachtet. Mir ist wirklich schlecht und ich brauche frische Luft, will aber Johnny nicht begegnen, deshalb gehe ich vor die Eingangstür und hole tief Luft. Es war doch keine gute Idee zu kommen. Ich bin total fertig, seit der Nacht hat er sich nicht gemeldet, seine Mutter macht mir einen Vorwurf und er kommt mir zickig, flirtet aber gleichzeitig mit mir. Das schafft wirklich nur er. Ich denke gerade über den Abend nach, da höre ich seine Stimme. Er kommt zu mir herüber und fragt mich, was los sei und wie es mir geht.

Ich antworte: "Nichts ist los, mir geht es nicht gut. Mir ist schlecht und ich habe Kopfschmerzen!"

Sein Kommentar daraufhin: "Du siehst auch ziemlich blass aus. Willst du dich nicht setzen?"

In dem Augenblick denke ich mir nur, dass ich auf sein Mitleid verzichten kann. Wir sind allein und er könnte die Nacht ansprechen oder er hätte merken sollen, dass es nicht "nichts" ist, aber was sagt er? Ich sehe blass aus. Vielleicht war das nur gut gemeint, aber wenn man bedenkt, dass ich mich wegen ihm in diesem miserablen Zustand befinde, kann man möglicherweise verstehen, dass mir momentan keine seiner Antworten gefällt. Ich gehe an ihm vorbei in den Garten und schaue in die Sterne. Er folgt mir, bleibt aber auf der Terrasse stehen. Zunächst sehe ich nach oben und schließe dann meine Augen. Wie sehr wünsche ich mir, er würde jetzt zu mir herüberkommen, mich umarmen und mir etwas liebevolles ins Ohr flüstern? Mehr als alles andere, aber dieses Szenario gibt es wahrscheinlich nur in Hollywoodfilmen.

Nach ein paar Minuten wird mir kalt und ich gehe zurück ins Haus, woraufhin er mir folgt. Sogleich deute ich Kaa mit Blicken an, dass ich gehen will und sie schnell ihr Glas austrinken soll. Matthew fällt auf, dass wir "kommunizieren" und will wissen was los ist, genauso wie Johnny und seine Mum. Wir antworten rasch, dass es nichts ist. Wieder "nichts". Johnny ist sehr interessiert, wo wir überhaupt hingehen wollen. Ich sage, dass wir ins MGM wollen und deshalb auch langsam gehen müssen.

Da antwortet Johnny: "MGM hat zu. Heute ist Mittwoch. Die haben erst ab Donnerstag offen..."

"Shit, wo sollen wir jetzt hin", dachte ich und Johnny wirft gleich in die Runde, Kaa und ich sollen ins Stern gehen, ein Café in der Stadt, welches noch offen hat. Er und Matthew würden auch mitkommen. Um ehrlich zu sein habe ich keine Lust ihn noch länger zu sehen. Auf der anderen Seite könnte ich mich noch mit ihm unterhalten. Ok, ich stimme zu, ich bin schließlich auch der Fahrer. Dort angekommen, gehen Kaa und ich erst mal aufs Klo um uns etwas aufzufrischen. Ja, wir bestätigen auch das Klischee, dass Frauen immer zu zweit aufs Klo gehen. Draußen sehe ich nur Johnny, wie er mit einer Frau redet, gehe aber auf ihn zu und frage, wo Matthew ist. Johnny zeigt zunächst auf das Klo und dann auf einen Tisch. Wir sollen uns schon mal setzen, Matthew kommt gleich vom Klo und Johnny kommt auch bald nach. So machen wir es auch. Wir setzen uns und Matthew kommt kurz darauf zu unserem Tisch. Wir quatschen und nach etwa einer Stunde lässt sich der werte Herr blicken und sagt uns, er komme gleich zu uns, er muss nur noch kurz mit der Frau was besprechen. Klar, besprechen. Im Innern brodelt es bei mir. Er wollte herkommen und dann ist er weg. Nach einer erneuten Stunde wiederholt sich das Schauspiel. Nach insgesamt zweieinhalb Stunden bin ich so wütend, dass ich Kaa sage, dass wir zahlen und fahren, weil ich nicht einsehe, hier noch länger zu sitzen und zuzuschauen, wie er mit einer Anderen flirtet. Deswegen bin ich nicht hergefahren. Die Nacht ist schon angebrochen und Matthew ist zu müde zum heimgehen, deshalb erkläre ich mich dazu bereit, ihn nach Hause zu fahren und dann hole ich Kaa ab. Vor dem Haus angekommen reden Matthew und ich noch im Auto weiter.

Da erklärt er mir, dass ich Johnny vergessen sollte und gibt mir den Rat: "Valerie, du bist toll. Verkriech' dich nicht daheim, sondern geh in die Stadt oder auf Partys und wenn ich dir einen Rat geben kann: schlaf mit so vielen Männern, wie du kannst!"

Wie bitte??

Und dann gelte ich auch noch als Schlampe, nein danke. Das war klar, dass so ein Rat nur von einem Mann kommen kann. Ich lasse ihn aussteigen und fahre zurück zu Kaa. Drinnen warten schon Kaa und Johnny auf mich.

Johnny geht mit mir zur Seite und fragt, "Ist alles ok? Bist du sauer auf mich?"

Da antworte ich: "Wieso sollte ich? Dass du in zweieinhalb Stunden nur zweimal kurz bei uns warst und den Rest bei der Frau warst? Nein, nicht wirklich. Ich bin aber müde und mir geht es immer noch schlecht und wir wollen jetzt heim."

Er schaut mich mit seinem Hundeblick an, nach dem Motto: Ich bin lieb und süß, bitte verzeih mir, ich kann gar nicht anders. Ich wende mich ab, bevor ich seinem Blick unterliege und gehe mit Kaa zu meinem Auto zurück. Im Auto kommt Kaa auf die Idee, daheim noch eine Shisha zu rauchen, aber sie hat keinen Tabak und keine Kohle mehr. Mir fällt ein, dass Johnny eine Shisha hat. Folglich hat er sicher auch Tabak und Kohle. Da ich ihn nicht wirklich darum bitten will, schicke ich sie zu ihm zurück und er bejaht dies. Wir sollen schon zum Haus fahren, er kommt gleich nach, versichert er. Vor dem Haus warten wir ein paar Minuten, dann kommt er schon und stellt sich vor die Beifahrertür neben Kaa. Wir kommen ins Gespräch, wow, hat auch nur drei Stunden gedauert. Ich muss nicht erwähnen, wie wütend ich bin. Wenn er jetzt was Falsches sagt,... Er fragt, woher Kaa und ich uns kennen, da erkläre ich ihm, dass ich mein Fachabitur gemacht habe und Kaa eine Stufe unter mir ist und nächstes Jahr Fachabitur macht.

Da kommt er, der Spruch, wo bei mir ein Faden reisst: "Ja, ich will auch mal das Abitur machen, so mit 70 oder 80, damit ich dann auch noch studieren kann..."

Ok, jetzt reicht's: keine Zeit haben, flirten vor meinen Augen und sich jetzt auch noch über mein Fachabitur lustig machen.

Runde 1:   "Was   willst   du   denn   studieren...
Gynäkologie??!!" Schlag eins sitzt.

"Nein,..." Ich unterbreche ihn:

Runde 2: "Stimmt, das HAST du ja schon studiert!!" Schlag zwei sitzt.

Der Sieg geht an mich. Wie gesagt, ich bin schlagfertig...

Er antwortet nur: "Ich gehe schnell ins Haus und hole den Tabak."

Leider macht sich auch noch meine Blase bemerkbar, sie will erleichtert werden. Also gehe ich mit ihm. Nein, nicht in sein Schlafzimmer, sondern gleich in Richtung Klo. Nach ein paar Augenblicken komme ich raus und kurze Zeit später steigt auch er die Treppe herauf und wir gehen gemeinsam zum Auto.

"Fahr vorsichtig, nicht dass dir was passiert", sagt er.

Darauf kann ich jetzt auch verzichten. Ich habe meinen Führerschein schließlich nicht verloren, nicht wahr Johnny??!! Im Auto schließen Kaa und ich unsere Türen, da sehe ich, dass Johnny das Fenster der Beifahrertür anhaucht, bis sie beschlägt und dann ein Herz mit einem Smiley zeichnet und mich dabei anlächelt.

Der letzte Kommentar dieses Mannes bringt mich zum Ausbruch: "Valerie, fahr hier langsam, der Bürgermeister wohnt hier die Straße runter und zeigt die Leute an, die zu schnell fahren. Und ich weiß, wie du fährst."

Was? Du willst mich belehren? Führerschein wegen zu schnellen Fahrens verloren und schreibt mir vor, wie ich fahren soll? Es ist etwa 3 Uhr nachts, da schläft er sicher schon. Ich starte mein Auto und fahr mit etwa 40 km/h davon. In dieser Spielzone.

Notiz an mich:

- Nicht auf einen Mann hören, der seinen Führerschein wegen zu schnellen Fahrens verloren hat

- Nicht auf seinen Hundeblick hereinfallen (ist mir einmal bereits gelungen, weiter so)

30. Juni 2006 (Freitag)

Alkoholeinheiten: 2 Gläser Wein (Mut antrinken um den Brief zu schreiben)
Gedanken an Johnny: Viele, wegen des Verfassens eines Briefes

Ich entschließe mich dazu, einen Brief an ihn zu schreiben. Johnny hat sich seit dem letzten Treffen nicht mehr gemeldet und ich auch nicht. Wieso soll immer ich den ersten Schritt machen. Es heißt zwar Ladies First, aber nur auf einer sinkenden Titanic oder beim Eintritt in ein Haus. Das gilt aber nicht für Rechnungen bezahlen oder Liebesangelegenheiten.
Ich schreibe jetzt schon seit etwa drei Stunden an dem Brief und es ist nach Mitternacht. Viele fragen sich jetzt sicher, wieso ich ihm einen Brief schreibe. Ganz einfach, die Gefühle für Johnny belasten mich so dermaßen, dass ich sie mir unbedingt von der Seele schreiben muss. Es ist wie eine innere Befreiung (sehr empfehlenswert). Nach mehrmaligem Umschreiben bin ich fertig und gehe schlafen, um 2 Uhr nachts. Und hier ist das Pracht-exemplar:

Der Brief

Johnny,

zunächst hoffe ich, dass du diesen Brief liest, zum zweiten hoffe ich, dass du ihn niemand anderem zeigst, aber das liegt in deinem Ermessen. Kontrollieren kann ich es nicht, aber ich vertraue dir.

Du kannst dir sicher schon denken, worum es geht. Als du

auf meiner Party warst, habe ich es dir bereits gesagt...

Ich hasse es über meine Gefühle zu reden, weil das meine größte Schwachstelle ist. Ich versuche immer die zu sein, die sich durch nichts unterkriegen lässt und nach außen Stärke und Selbstbewusstsein ausstrahlt. Dies ist aber nicht so. Jedes mal, wenn ich an dich denke, fühle ich mich schwach. Ich weiß, dass ich dich liebe, ich weiß aber auch, dass du es nicht tust. Nicht dass du das jetzt falsch verstehst. Ich will nicht, dass du auf einmal bei mir auftauchst und nichts liegt mir ferner als dir ein schlechtes Gewissen zu machen. Es war meine Schuld, dass ich mich in dich verliebt habe und du hast nichts damit zu tun. Ich muss dir das jetzt aber schreiben, weil meine Seele brennt. Sie brennt vor Verlangen, Liebe und Trauer zugleich.

Auf der Party hast du mich gefragt, warum ich dich seit fast drei Jahren liebe. Ich habe dir gesagt, weil du perfekt bist. Dies wollte ich dir auch erläutern.

Ich frage mich nur, womit ich anfangen soll... Aber wenn mich jemand fragt, was mir zuerst aufgefallen ist, waren es nicht deine Haare, es waren deine blauen Augen. Wenn man dir in die Augen schaut, kann man sich darin verlieren, sie sind tief wie der Ozean und strahlen Selbstbewusstsein und Entschlossenheit aus. Sie haben ihren eigene Charme. Sie bringen mich auch zum Lachen. Das ist auch der Grund warum ich meistens deinen Blicken ausweiche: weil mein Herz sich darin verliert.

Das Zweite, was dich unwiderstehlich macht ist dein Rücken. Er ist männlich, muskulös und dein Tattoo vervollständigt deinen Rücken.

Dazu kommen deine Gesichtszüge, die ebenfalls männlich sind, aber fließend ineinander übergehen. Dein Lächeln komplettiert dein Aussehen, was dadurch nur noch prächtiger erscheint.

Dein Charakter ist ebenfalls herrlich. Du hast die Gabe, zu wissen, wie man mit einem Menschen umgeht und wie du es schaffst alles zu erreichen, was du willst, wenn du dich anstrengst. Ich glaube, ich muss nicht ins Detail gehen, wenn es um deinen Charme geht. Damit bist du gesegnet und das weißt du auch, glaube ich.

Ich will mich mit diesem Brief auch bei dir entschuldigen, weil ich so zickig und abweisend war, als meine Freundin und ich das letzte mal bei euch waren. An diesem Abend ging es mir nicht gut, worauf ich nicht näher eingehen will, außerdem war ich äußerst irritiert, denn als Laura nach Hause gegangen ist, hat mich deine Mutter gefragt, ob bzw. wieso ich ihr nicht sage, dass du auf meiner Party warst. Dies hat sich wie ein Vorwurf angehört. Das ist deine Freundin und wenn es ihr jemand sagen sollte, dann du. Ich habe mir nichts vorzuwerfen, weil ich Single bin. Außerdem hat Matthew mich gebeten, nichts zu sagen. Und ich halte meine Versprechen.

Ich will hiermit nicht den Kontakt zu deiner Familie verlieren, weil ich die Unterhaltungen mit deinen Eltern genieße. Aber ich hoffe, dass ihr Verständnis habt, dass ich mich im Moment nicht melden werde. Voraussichtlich werde ich dich an deinem Geburtstag nicht anrufen. Aber ich kann dir versprechen, dass der 25. Juli reserviert ist und ich dir alles Gute wünschen werde.

Da ich mich nicht melden werde, mache ich es so :

Ich werde dir an dem Tag das Beste der Welt wünschen, dass du glücklich bist, mit Laura. Dass es in der Arbeit vorangeht, du Geld und, natürlich am wichtigsten, Gesundheit erhälst. Du kannst dann noch hinzufügen, was du dir wünscht oder was dir in deinem Leben noch fehlt.

Abschließen will ich diesen Brief mit einem Ausschnitt aus einem meiner Gedichte, weil es das ist, was ich dir mit diesem Brief wünsche:

Liebe das Leben und
Lebe die Liebe !

Valerie

PS.: Ich will dich nur um zwei Dinge bitten. Zum Einen verlange ich nicht von dir, dass du darauf antwortest, aber versuche zumindest zu verstehen, was in mir vorgeht. Man kann es mit Worten nur schwer beschreiben.
Zum Zweiten bitte ich dich darum mir Bescheid zu geben, ob du den Brief gelesen hast. Es lässt mich sonst nicht los.

Danke.

01. Juli 2006 (Samstag)

Alkoholeinheiten: Keine (muss Autofahren)
Gedanken an Johnny: 24 (Jede Stunde einer, der eine Stunde anhält)

Ich stehe vor der Post und weiß nicht, ob ich den Brief an ihn einwerfen soll, oder nicht. Nach langem hin und her tue ich es doch und bin gerade sauer auf mich selbst. Irgendwie kann ich es nicht beschreiben, natürlich bin ich erleichtert, weil im Brief alles drin steht was mich momentan beschäftigt. Aber auf der anderen Seite zweifle ich daran, dass der Brief ihn überhaupt interessieren wird.
Mal so ganz unter uns, der Brief ist fünf Seiten lang, handgeschrieben versteht sich. Ganz ehrlich, ich bezweifle, dass ein Mann genug Geduld hat, um einen fünf Seiten langen Brief zu lesen, in dem es auch noch um Gefühle geht. Wenn's um mich geht, ich würde ihn verschlingen. Meine Freundinnen, die ihn gelesen haben, taten es übrigens auch, aber wir sind schließlich keine Männer. Egal, der Brief ist weg, jetzt ist es zu spät, einen Rückzieher zu machen.
Jetzt heißt es nur noch warten, warten auf eine Antwort.

10. Juli 2006 (Montag)

Alkoholeinheiten: Keine, noch nicht
Gedanken an Johnny: Nicht zählbar

Ich halte es nicht mehr aus. Normalerweise sollte der Brief vor einer Woche bei ihm angekommen sein, wenn man der Post überhaupt trauen kann, denn ich für meinen Teil bin skeptisch wenn es um die Zuverlässigkeit der Post geht. Und er hat sich bis jetzt auch noch nicht gemeldet. Soll ich Johnny anrufen? Aber wenn er den Brief gelesen hat, spricht er mich vielleicht darauf an und das kann ich noch nicht. Hab die Idee: ich rufe seine Mum an. Sie holt die Post, also muss sie wissen, ob mein Brief für ihn angekommen ist und ob er ihn gelesen hat.
Es klingelt...
Die Mutter geht ran. Nach einem kurzen Plausch am Telefon, erwähne ich nebensächlich den Brief. Sie sagt, sie haben keinen Brief erhalten. Scheiß Post, ich hab's gewusst, die schlampen doch immer. Jetzt ist es eine Tatsache, er hat sich nicht gemeldet, weil er nichts bekommen hat.
Wir reden noch kurz über alltägliches, dann lege ich auf und schreibe den Brief noch mal ab, habe die Rohfassung schließlich auf dem Laptop gespeichert. So, letztes Wort geschrieben, unterschrieben, in einen Briefumschlag gepackt und ich fahre gleich zur Post und schicke ihn per Einschreiben. Damit er diesmal auch wirklich ankommt. Die nette Postangestellte sagt, dass der Brief morgen ankommt. Ok, ist egal, Hauptsache er kommt an!
Fahre gleich wieder heim und bereite mich vor. Schließlich habe ich am Mittwoch meinen Abschlussball und ich muss mir noch überlegen, wer fährt, welches Make Up ich auflege und am wichtigsten: welche Schuhe

ich anziehe. Ich wünschte, Johnny würde mit mir hingehen. Im Geiste stelle ich mir gerade vor, wie er in einem Anzug aussehen würde. Elegant, adrett, aber doch sexy. Wie wir Hand in Hand die Treppe emporsteigen: ich in meinem neuen, tollen, schwarzen Kleid und ein Lächeln im Gesicht, das mir niemand auf der Welt verderben könnte. Tja, Träume sind nun mal dazu da, um zu träumen. Sich Dinge vorzustellen und auszuleben, die wahrscheinlich nie passieren werden. Komisch, ich habe auch davon geträumt mit Johnny zu schlafen...

12. Juli 2006 (Mittwoch)

Alkoholeinheiten: Keine, habe zu viele Glückshormone, meine Abschlussfeier und meinen Abschlussball
Gedanken an Johnny: Ein Haufen (Hat er den Brief gelesen?)

Meine Abschlussfeier beginnt um 15 Uhr. Es ist ein schöner Nachmittag und die Sonne scheint. Im Schulhaus sammeln sich langsam alle Lehrer, Schüler und deren Begleiter, welche entweder Freunde oder Verwandte sind. Der Direktor hält eine Rede, bei der man schon halb einschläft. Er zieht alles in die Länge und wiederholt sich dauernd. Nach etwa einer Stunde werden wir nacheinander auf die Bühne gebeten und uns werden unsere Abschlusszeugnisse über das erhaltende Fachabitur übergeben und natürlich werden noch viele Fotos von den Abschlussklassen gemacht. Durch das ganze herumlaufen tun mir jetzt schon die Füße weh. Und der Abend hat noch nicht mal angefangen. Naja, nach der Feier haben wir noch etwas Zeit und richten uns noch ein bisschen her, um auf dem Abschlussball frisch auszusehen. Ab 18 Uhr fängt der Abschlussball an. Anna, eine gute Freundin, ihr Freund, ein anderer Kumpel, Kaa und ich fahren in zwei Autos hintereinander hin und kommen um etwa 19 Uhr an. Im Ballsaal angekommen, schaue ich auf mein Handy und habe mittlerweile ein paar Anrufe in Abwesenheit und ein paar mit unterdrückter Rufnummer erhalten. Da trifft es mich wie ein Schlag. Es muss Johnny sein. Alle anderen, die in Frage kommen, habe ich bereits gefragt und es war keiner von denen. Toll, soll ich zurückrufen oder warten bis er wieder anruft? Ich entscheide mich für keines von den beiden, sondern wähle die Alternative: eine SMS. Das Schlimmste ist nur immer, womit man anfangen soll, also schreibe ich ihm einfach, ob er es war, der mich angerufen hat und füge noch hinzu, dass ich gerade auf meinem Abschlussball bin und das Handy leider nicht gehört habe. So, fertig und abgeschickt. Einen Moment später bekomme ich die Benachrichtigung, dass er die Sms bekommen hat und das heißt, dass sein Handy an ist. Ok, das heißt noch lange nicht, dass er sie auch gelesen hat, aber die Chancen stehen gut.

5 Minuten später: Keine Antwort

30 Minuten Später: Keine Antwort

1 Stunde Später: Keine Antwort

Nun bin ich sauer. Naja, oder eher ungeduldig? Also was ist jetzt los? Hat er angerufen oder nicht? Wieso kann er sich nicht melden?

Es ist offiziell: Ich steige bei Männern nicht durch!!

13. Juli 2006 (Donnerstag)

Alkoholeinheiten: 3 Stamperl Tequila (sogenanntes Frustsaufen)
Gedanken an Johnny: Sehr viele

Eines meiner Mottos ist: Die Hoffnung stirbt zuletzt.
Aber ich muss zugeben, dass ich kurz davor bin, sie aufzugeben.
Es ist früher Nachmittag, da klingelt plötzlich mein Handy.
Eine SMS.
Zugegeben, ich bin wirklich schockiert und glaube, dass ich wahrscheinlich träume, denn es ist Johnny. Er hat mich nicht anrufen können, weil er in der Arbeit ist, aber er wünscht mir viel Spaß beim Feiern und schreibt, dass er noch die ganze Woche auf Montage ist. Ok, er ist auf Montage, also hat er den Brief noch nicht gelesen.
Gut, jetzt kann ich wenigstens etwas abschalten und relaxen und brauche mir erst am Samstag Gedanken darüber zu machen, was er darüber denkt.

Notiz an mich:

- Ich bin nicht kurz davor, die Hoffnung aufzugeben

17. Juli 2006 (Montag)

Alkoholeinheiten: Keine (und froh drüber)
Gedanken an Johnny: 24/7

Das ganze Wochenende ist vergangen und Johnny meldet
sich immer noch nicht. Es treibt mich in den Wahnsinn.
Die Gedanken schwirren in meinem Kopf herum und es
lässt mich einfach nicht los. Ich dachte es wird sicher
besser werden, wenn ich den Brief geschrieben und ihm
den Brief geschickt habe, aber ich habe mich getäuscht.
Jetzt frage ich mich dauernd, was er wohl darüber denkt.
Und das Schlimmste ist, dass sich meine Fragen von
Minute zu Minute häufen.
Ob er den Brief überhaupt gelesen hat?
Ob er sich noch meldet?
Ob ich ihn mit dem Brief berührt habe?
....
Er hat in acht Tagen Geburtstag, dann wird er 28 Jahre alt
sein. Die Einen sagen, er ist zu alt für mich. Die Anderen
(und dazu gehöre ich) finden, dass er seinem Verhalten
nach zu urteilen, sogar jünger ist als ich.
Man merkt das der Sommer da ist, denn es ist wirklich
heiß und man schwitzt, selbst wenn man nichts macht.
Deshalb haben Kaa und ich einfach mal beschlossen, bei
der Hitze zum baden zu fahren und uns etwas von dem
Stress der letzten Wochen zu entspannen. Schließlich war
das ja ziemlich viel, Schulende, Prüfungen, Familie und
die Liebe natürlich. Da fällt mir ein, dass ich noch einen
Gutschein von meinen Eltern mit freiem Eintritt in ein
Schwimmbad in der Nähe von Johnny habe. Also schlage
ich vor, wir fahren zuerst zu Johnny´s Mum, da dies
sowieso auf unserem Weg liegt, danach gehen wir
schwimmen und bevor wir heimfahren, könnten wir noch

einkaufen gehen. Also rufe ich Johnny´s Mum an, ob sie morgen daheim ist und sie bejaht dies. Außerdem frage ich sie abermals, ob Johnny den Brief bekommen hat und auch dies bejaht sie, sagt aber auch gleichzeitig, dass seine Freundin das ganze Wochenende bei ihm war und er sicher noch keine Zeit gefunden hat um den Brief zu lesen. Nachdem wir eine feste Uhrzeit abgemacht haben, verabschieden wir uns und ich lege auf.

Notiz an mich:

- Nichts ist unmöglich, es könnten die unglaublichsten Zwischenfälle passieren

- Seine Freundin, die Klette, verfluchen

- Ich bin eindeutig ein Wintertyp

18. Juli 2006 (Dienstag)

Alkoholeinheiten: Zum Abend hin: viele
Gedanken an Johnny: Fahre zu seiner Mum....

Es ist 2 Uhr und Kaa und ich fahren endlich los.
Badesachen: dabei,
Geld: dabei,
Sachen, die mir Johnny´s Mum geliehen hat: dabei.
Ok, ab nach Plattling.
Da es so heiß ist, setzen wir uns raus auf die Terrasse. Wir
reden über alles mögliche und Johnny´s Mum fragt mich,
wie es in der Schule läuft. Da ich mich nach meinem
Fachabitur dazu entschlossen habe, das Allgemeine Abitur
anzustreben, bin ich gezwungen eine Seminararbeit zu
schreiben, was mich nicht wirklich begeistert. Ohne zu
lügen, sage ich ihr, dass meine die Arbeit, an der ich zur
Zeit schreibe, nur schleppend vorangeht. Aber ich bin
froh, dass ich ein super Thema erwischt habe. Bridget
Jones:Schokolade zum Frühstück und High Fidelity: Sind
Bridget und Rob Repräsentative der modernen
Gesellschaft? Aber momentan bin ich zu abgelenkt und
kann mich nicht konzentrieren, was auch der Wahrheit
entspricht. Sie löchert mich und landet gleich einen
Volltreffer.
Neugierig fragt sie mich: "Valerie, bist du verliebt? Wer
ist er? Wie alt ist er? Älter? Wie sieht er aus? ..."
"Es ist egal, es klappt sowieso nicht", antworte ich.
"Wieso? Ist er verheiratet? Wohnt er zu weit weg?", will
sie wissen.
"Kann man so sagen. Aber ich will nicht mehr darüber
reden, aber übrigens, hat Johnny den Brief schon
gelesen?", versuche ich abzulenken und es geht voll in die
Hose.

"Ich weiß es nicht, aber er hat ihn auf jeden Fall. Ich hab ihn ihm gegeben... Moment mal, ist es etwa Johnny??", schaut sie mich fragend an. Leider kann ich mir ein Lächeln nicht verkneifen und nicke. Daraufhin kommt die Aussage, die ich mindestens hundertmal gehört habe und nicht mehr hören will, sonst bekomme ich einen Schreikrampf: "Mädchen, wenn ich dir einen Tipp geben kann: Vergiss ihn!"

Tut mir Leid, aber wenn ich einen Tipp hören will, dann frage ich danach und wo wir bei diesem genialen Tipp sind: wenn mir endlich mal einer zeigen könnte, wie ich ihn vergessen kann, dann würde ich es tun, aber ansonsten kann ich darauf sehr gut verzichten! Da kommt auch schon der nächste Streich, den ich nicht von seiner Mutter erwartet habe. Irgendwie muss ich verzweifelt auf sie wirken, denn sie erläutert mir schon fast tröstend, dass Johnny nun mal vergeben ist und er sicher nichts mit mir anfangen würde. Wenn er Single wäre, wäre es etwas anderes. Aber so soll ich mir keine Hoffnungen machen. Oder macht er mir etwa Hoffnungen, will sie wissen. Da ich nun wirklich nicht ins Detail gehen will und es mir unangenehm ist, mit seiner Mutter über solch ein pikantes Thema zu reden, verneine ich dies schnell. Schließlich kann ich zu Johnny´s Mum wohl kaum sagen: "Dein Sohn hat mich gefickt, gibt es einen besseren Weg, einer Frau noch mehr Hoffnungen zu machen??!!"

Die Gespräche werden immer mehr zu zwar gut gemeinten, aber nervenaufreibenden Ratschlägen und so komme ich schnell zum Schluss: Ich muss hier weg. Was ich so sehr an meiner Freundschaft zu Kaa schätze, ist, dass sie mich auch ohne Worte versteht. Sie braucht meinen Blick nur zu sehen und kann ihn interpretieren und so deute ich Kaa wiedermal an, sie soll schnell austrinken, dass wir gleich baden fahren können, was sie dann auch macht. Im Auto angekommen, merke ich, dass meine Liste von vorher unvollständig ist.

Badesachen: dabei,

Geld: dabei,

shit, ich hab die Gutscheine vergessen und genug Geld für den Eintritt habe ich nicht dabei. Das Einzige was wir jetzt noch können, ist, in der Hitze schwitzend nach Hause zu "schwimmen".

Aber auf dem Heimweg machen wir noch Halt in einem Kaufhaus und kaufen ein paar Sachen zum Essen ein, wofür uns das Geld gerade noch reicht.

Endlich daheim, enttäuscht vom Nicht-Baden, Nicht-gewollten Ratschlägen und Nicht-genug-Geld-haben, beschließen wir, wenigstens ein paar alkoholhaltige Drinks zu schlürfen, um uns auf andere Gedanken zu bringen. Gut das ich noch einen polnischen Wodka und Sangria habe. Wir telefonieren ein bisschen rum und laden ein paar Freunde zu mir ein. Am späten Abend trudeln dann die ersten Leute ein und nach einiger Zeit sind wir beisammen und schauen uns dann einen Film an, 'The Transporter' mit Jason Statham. Um Mitternacht rum haben wir dann genug intus, dass wir uns zum Schluss nur noch in unsere Betten fallen lassen und gleich einschlafen.

24. Juli 2006 (Montag)

Alkoholeinheiten: Eindeutig zu viel !!
Gedanken an Johnny: Ebenfalls eindeutig zu viele !!

Morgen hat Johnny Geburtstag und ich muss heute die Präsentation meiner Seminararbeit hinter mich bringen. Vor einer "Jury" bestehend aus drei Lehrern muss ich Ihnen mit Hilfe von verschiedenen Medien anschaulich erzählen wie viel ich bis jetzt ausgearbeitet habe und welche Schwierigkeiten ich möglicherweise hatte oder haben werde.
Es ist etwa 17 Uhr und die Präsentation ist geschafft. Bin stolz auf mich. Ich finde, dass ich gut war. Schließlich habe ich unter anderem ein selbst geschnittenes Video vorgezeigt, mit ein paar Szenen aus dem Bridget Jones Film, welche die Charakterzüge von Bridget hervorheben.
Veith, der Kumpel von mir, hat heute seinen Abschluss und will, dass Nadja, eine Freundin von uns, und ich mitgehen. Ich stimme zu, ich kann schließlich jede Ablenkung gut gebrauchen,...
Die Abschlussfeier ist, wer hätte das gedacht, noch langweiliger als meine eigene. Kurz vor dem allgemeinen chronischen Einschlafen werden endlich die Zeugnisse vergeben und die Gäste werden zum Buffet gebeten. Da kommen auch noch zwei weitere Kumpels von Veith und mir und setzen sich an unseren Tisch. Die Feier hört schon um etwa 22 Uhr auf. Kaum einer ist in meinem Wohnheim, da die Sommerferien schon begonnen haben und mir kommt die Idee, dass wir bei mir weiterfeiern könnten. Da Veith um 23 Uhr daheim sein soll, fährt ihn Nadja heim und die beiden Kumpels und mich zu mir. Die zwei Chaoten wohnen auch im Wohnheim und wir treffen uns öfters zum... ähm Reden. Na gut, eher zum Saufen.

101

Nadja muss gleich weiterfahren, also gehen nur die beiden Jungs mit mir in mein Zimmer und mit zunehmender Stunde steigt auch der Alkoholpegel, was wahrscheinlich daran liegt, dass die Jungs auf ganz tolle Trinkspiele gekommen sind, die ich nicht kannte, somit hab ich natürlich meistens verloren. Aber ich denke nicht an Johnny. Außer jetzt und jetzt,... Ich drehe mich im Kreis, glaube ich. Also, kein Gedanke mehr an "...". Um etwa 2 Uhr verabschiede ich meine Gäste und im Laufe der Nacht hat mein Magen das Gefühl, er müsse unbedingt mit dem Klo ein Gespräch führen. Und dieses "Gespräch" wiederholt sich noch ganze fünf mal, wobei ich betone, dass nur die ersten zwei mal etwas mit dem Alkohol zu tun hatten. Ich hatte bereits vorher Magen-Darm-Beschwerden.
Ich schaue auf die Uhr: nach 4 Uhr morgens. Johnny hat Geburtstag. Nein ich denke nicht an ihn. Das ist nur ein Fakt, den ich aufzähle!

Notiz an mich:

- Aufhören zu denken: Denk nicht an Johnny (dann denk ich doch an ihn!)

- Heute nicht Johnny mailen. Im Brief hab ich ihm bereits Glückwünsche zum Geburtstag geschrieben und verdeutlicht, dass ich mich nicht melden werde

- Nicht saufen, wenn man Magen-Darm-Beschwerden hat!!

- Heute nichts Festes zu mir nehmen, nur warme Brühsuppe schlürfen!

28. Juli 2006 (Freitag)

Alkoholeinheiten: Nur ein Bier
Gedanken an Johnny: Deutlich abgenommen (und stolz darauf)

Heute ist der offiziell letzte Schultag, inoffiziell war es bereits der Abschlussfeiertag und wir sitzen noch alle in der Gemeinschaftsküche und stoßen darauf an. Es ist kurz nach Mitternacht, also rein technisch schon der achtundzwanzigste. Ein Kumpel, der auch heute endgültig aus dem Wohnheim auszieht, kommt noch in mein Zimmer und wir philosophieren über Männer, Frauen und die Welt. Um etwa 3 Uhr nachts verabschieden wir uns und er geht in sein Zimmer. Ich kann noch nicht schlafen und entschließe mich dazu, meinen Laptop von unnötigen Daten zu befreien und fange an, meine Festplatte zu löschen, bis mein Akku leer ist. Irgendwann schaue ich neugierig auf meine Digitaluhr und es ist 5.15 Uhr. Da die Sonne schon fast herein scheint und ich deshalb wahrscheinlich nicht lange schlafen werde, schalte ich den Fernseher ein. Beim Fernsehen schlafe ich meistens ein. Total übermüdet lege ich mich ins Bett, da läutet mein Handy. Es ist meine Mum und sie erzählt mir gleich, dass meine hochschwangere, ältere Schwester in den Wehen liegt und bald entbindet. Ich brauche nicht mal fünf Minuten, ziehe mich an, laufe zum Auto und fahre ins 30 km entfernte Krankenhaus um meiner Schwester beizustehen. Kurz vor 7 Uhr früh bekomme ich den neuen Erdbewohner zu Gesicht und bleibe auch noch länger bei meiner Schwester, meinem Schwager und meinem neugeborenen Neffen und Patenkind namens Raphael. Um etwa 13 Uhr komme ich endlich wieder zu Hause an und gehe schlafen. Als ich aufwache, merke ich, dass es schon Nacht ist. Ein Blick auf die Uhr verrät mir, dass es schon

22 Uhr ist. Da fällt mir ein, dass ich Johnny´s Mum versprochen habe, ihr Bescheid zu geben, sobald ich Tante werde. Also rufe ich sie an. Mittlerweile kenne ich sie so gut, dass ich weiß, dass sie zu dieser Uhrzeit noch nicht schläft. Eine männliche Stimme meldet sich am Telefon.

Shit, es ist Johnny, denke ich mir. Und ziehe kurz in Erwägung, aufzulegen.

Statt dessen frage ich noch verschlafen: "Hallo, hier ist Valerie, ist deine Mum da?"

"Nein, die holt jemand von einem Fest ab. Valerie, bist du besoffen?".

Mir fällt ein Stein vom Herzen, es ist nicht Johnny, sondern Matthew. "Nein, ich bin gerade erst aufgewacht, deshalb hör ich mich so an. Kannst du bitte deiner Mutter sagen, dass meine Schwester heute früh entbunden hat. Das ist auch der Grund, warum ich die letzte Nacht nicht geschlafen habe.", erkläre ich ihm.

"Ach so. Ja, gratuliere. Johnny und ich gehen jetzt auch auf ein Fest, aber ich werde ihr Bescheid sagen, dann ruft sie dich zurück", versichert Matthew.

Wir verabschieden uns und ich bin heilfroh, dass es nicht Johnny war, der an das Telefon ging. Ich muss aber auch zugeben, dass mir die Information über Johnny´s momentanen Aufenthalt egal ist. Ich hoffe, es ist ein Zeichen dafür, dass ich ihn zwar nicht vergesse, aber langsam verdränge. Naja, könnte auch daran liegen, dass ich immer noch aus dem Häuschen darüber bin, dass ich meinen Neffen auf dem Arm halten konnte.

13. August 2006 (Sonntag)

Alkoholeinheiten: 1 Flasche Sangria mit Kaa
Gedanken an Johnny: Immer weniger

Mir kommt die Einsicht, dass ich Johnny langsam immer mehr vergesse. Zumindest ist der Wille dazu vorhanden, auch wenn es nicht immer leicht ist. Denn die Gedanken an ihn sind natürlich vorhanden und sie lassen mich nicht los, denn das braucht Zeit. Zeit, die ich momentan habe und auch nutzen will. Ich will Johnny endlich vergessen.
Der Gefahr "rückfällig" zu werden und mich erneut in Johnny zu verlieben, will ich vorbeugen, deshalb telefoniere ich zwar noch mit Johnny´s Mum und werde sie auch noch besuchen, aber nur, wenn Johnny nicht da ist.
Ich gebe die Hoffnung nicht auf, denn Vergessen ist der erste Schritt zu einer Zukunft voll Heiterkeit.

Und das ist es, was ich brauche:

Eine Zukunft ohne Sorgen, mit oder ohne Johnny...

Epilog

Wir schreiben jetzt das Jahr 2008. Hört sich bescheuert an, ich weiß, aber so ist es halt, 2008, kaum zu glauben, dass jetzt schon fünf Jahre seit der Begegnung mit Johnny vergangen sind. Den Kontakt zu Johnny's Eltern, seiner Schwester und Matthew pflege ich immer noch und ich freue mich jedesmal, sie besuchen zu können, denn sie sind mir ans Herz gewachsen und sind für mich wie ein Stück Familie. Mal schauen, was die Zukunft bringt und welche Geschichten ich noch mit der ganzen Familie erlebe. Wenn es um Johnny selbst geht, muss ich zugeben, dass ich zwar immer noch Gedanken an ihn verschwende, mit Betonung auf verschwenden, aber er ist nicht mehr der Mittelpunkt in meinem Leben. Zudem muss ich leider auch zugeben, dass alle Männer, die ich kennen lerne, mit Johnny verglichen werden und bis jetzt haben leider alle gegen ihn verloren. Doch von ganzem Herzen lieben, tue ich ohnehin nur das, was alle Frauen lieben: Louis Vuitton, Manolo Blahnik und Jimmy Choo.
Trotz allem bleibt die Hoffnung. Sie allein leitet mich durch den Tag und vor allem durch die Nacht.